·世界文学名著·

仲夏夜之梦

A Midsummer Night's Dream

[英] 莎士比亚　著
朱生豪　译

北方联合出版传媒(集团)股份有限公司
春风文艺出版社
·沈　阳·

图书在版编目（CIP）数据

仲夏夜之梦 /（英）莎士比亚著；朱生豪译．—沈阳：春风文艺出版社，2018.11（2024.1重印）
ISBN 978-7-5313-5399-7

Ⅰ.①仲… Ⅱ.①莎… ②朱… Ⅲ.①喜剧—剧本—英国—中世纪 Ⅳ.①I561.33

中国版本图书馆CIP数据核字（2018）第094790号

北方联合出版传媒（集团）股份有限公司
春风文艺出版社出版发行
http://www.chunfengwenyi.com
沈阳市和平区十一纬路25号　邮编：110003
涿州市京南印刷厂印刷

选题策划：单瑛琪　　责任编辑：张玉虹　姚宏越
统筹发行：郝庆春　　团　　购：刘静波
印制统筹：刘　成　　责任校对：于文慧
封面设计：鼎籍文化创意 杨光玉　　版式设计：杜　江
幅面尺寸：145mm × 210mm　　字　　数：157千字
印　　张：7.25
版　　次：2018年11月第1版　　印　　次：2024年1月第5次
书　　号：ISBN 978-7-5313-5399-7
定　　价：25.00元

目 录

仲夏夜之梦

ZHONGXIAYEZHIMENG

剧中人物

忒修斯	雅典公爵
伊吉斯	赫米娅之父
拉山德 狄米特律斯	同恋赫米娅
菲劳斯特莱特	忒修斯的掌戏乐之官
昆斯	木匠
斯纳格	细工木匠
波顿	织工
弗鲁特	修风箱者
斯诺特	补锅匠
斯塔佛林	裁缝
希波吕忒	阿玛宗女王，忒修斯之未婚妻
赫米娅	伊吉斯之女，恋拉山德
海丽娜	恋狄米特律斯
奥布朗	仙王

提泰妮娅	仙后
迫克	又名好人儿罗宾
豆花 蛛网 飞蛾 芥子	小神仙

其他侍奉仙王仙后的神仙们

忒修斯及希波吕忒的侍从

地点

雅典及附近森林

第 一 幕

第一场　雅典　忒修斯宫中

忒修斯、希波吕忒、菲劳斯特莱特及侍从等上。

忒修斯　美丽的希波吕忒，现在我们的婚期已快要临近了，再过四天幸福的日子，新月便将出来；但是，唉！这个旧的月亮消逝得多么慢，它耽延了我的希望，像一个老而不死的后母或寡妇，尽是消耗着年轻人的财产。

希波吕忒　四个白昼很快地便将成为黑夜，四个黑夜很快地可以在梦中消度过去，那时月亮便将像新弯的银弓一样，在天上监视我们的良宵。

忒修斯　去，菲劳斯特莱特，激起雅典青年们欢愉的心情，唤醒活泼的快乐精神，把忧愁驱到坟墓里去；那个脸色惨白的家伙，是不应该让他加入我们的结婚行列中的。（菲劳斯特莱特下）希波吕忒，我用我的剑向你求婚，用威力的侵凌赢得了你的芳心；[①] 但这次我要换一个调子，我将用豪华、夸耀和狂欢来举行我们的婚礼。

伊吉斯、赫米娅、拉山德、狄米特律斯上。

伊吉斯 威名远播的忒修斯公爵，祝您幸福！

忒修斯 谢谢你，善良的伊吉斯。你有什么事情？

伊吉斯 我怀着满心的气恼，来控诉我的孩子，我的女儿赫米娅。走上前来，狄米特律斯。殿下，这个人是我答应叫他娶她的。走上前来，拉山德。殿下，这个人引诱坏了我的孩子。你，你，拉山德，你写诗句给我的孩子，和她交换着爱情的纪念物；月夜，你在她的窗前用做作的声调歌唱着假作多情的诗篇；你用头发编成的腕环、戒指、虚华的饰物、琐碎的玩具、花束、糖果，这些可以强烈地骗诱一个稚嫩的少女之心的“信使”来偷得她的痴情；你用诡计盗取了她的心，煽惑她，使她对我的顺从变成倔强的顽抗。殿下，假如她现在当着您的面仍旧不肯嫁给狄米特律斯，我就要要求雅典自古相传的权利，因为她是我的女儿，我可以随意处置她；按照我们的法律，她要是不嫁给这位绅士，便应当立时处死。

忒修斯 你有什么话说，赫米娅？当心一点儿吧，美貌的女郎！你的父亲对于你应当是一尊神明；你的美貌是他给予你的，你就

---

① 忒修斯远征阿玛宗（Amazon），克之，娶其女王希波吕忒。

像在他手中捏成的一尊蜡像一般，他可以保全你，也可以毁灭你。狄米特律斯是一个很好的绅士呢。

赫米娅 拉山德也很好啊。

忒修斯 以他的本身而论当然不用说；但是要做你的丈夫，他不能得到你父亲的同意，比起来就差一筹了。

赫米娅 我真希望我的父亲和我有同样的看法。

忒修斯 实在还是你应该依从你父亲的眼光才对。

赫米娅 请殿下宽恕我！我不知道是一种什么力量使我如此大胆，也不知道在这里倾诉我的心思将会怎样影响到我的美名，但是我要敬问殿下，要是我拒绝嫁给狄米特律斯，就会有什么最恶的命运临到我的头上？

忒修斯 不是受死刑，便是永远和男人隔绝。因此，美丽的赫米娅，仔细问一问你自己的心愿吧！考虑一下你的青春，好好地估量一下你血脉中的搏动；倘然不肯服从你父亲的选择，想想看能不能披上尼姑的道服，终生幽闭在阴沉的庵院中，向着凄凉寂寞的明月唱着暗淡的圣歌，做一个孤寂的修道女了此一生？她们能这样抑制热情，到老保持着处女的贞洁，自然应当格外受到上天的眷宠；但是结婚的女子如同被采下炼制过的玫瑰，香气留存不散，比之孤独地自开自谢，奄然朽腐的花儿，在尘俗的眼光中看来，总是要幸福得多了。

赫米娅 就让我这样自开自谢吧，殿下，我不愿意把我的贞操奉献给我的心所不甘服的人。

忒修斯 回去仔细考虑一下。等到新月初生的时候——我和我的爱人缔结永久婚约的一天——你便当决定，倘不是因为违抗你父亲的意志而准备一死，便是听从他而嫁给狄米特律斯；否则就得在黛安娜[1]的神坛前立誓严守戒律，终身不嫁。

狄米特律斯 悔悟吧，可爱的赫米娅！拉山德，放弃你那无理的要求，不要再跟我的确定权利抗争了吧！

拉山德 你已经得到她父亲的爱，狄米特律斯，让我保有着赫米娅的爱吧；你去跟她的父亲结婚好了。

伊吉斯 无礼的拉山德！一点儿不错，我欢喜他，我愿意把属于我所有的给他；她是我的，我要把我在她身上的一切权利都授给狄米特律斯。

拉山德 殿下，我和他的出身一样好；我和他一样有钱；我的爱情比他深得多；我的财产即使不比狄米特律斯更多，也绝不会比他少；比起这些来更值得夸耀的是，美丽的赫米娅爱的是我。那么为什么我不能享有我的权利呢？讲到狄米特律斯，我可以当他的面宣布，他曾经向奈达的女儿海丽娜调过情，把她勾上了手；那位可爱的女郎痴心地恋着他，像崇拜偶像一样恋着这个缺德的负心汉。

---

① 黛安娜（Diana），月之女神；其实应当作阿耳忒弥斯（Artemis），黛安娜是罗马名字。

忒修斯 我的确也听到过不少闲话，曾经想和狄米特律斯谈起；但是因为自己的事情太多，所以忘了。来，狄米特律斯；来，伊吉斯；你们两人跟我来，我有些私人的话要对你们说。你，美丽的赫米娅，好好准备着依从你父亲的意志，否则雅典的法律将要把你处死，或者使你宣誓独身；我们没有法子变更这条法律。来，希波吕忒，怎样，我的爱人？狄米特律斯和伊吉斯，走吧；我必须差你们为我们的婚礼办些事务，还要跟你们商量一些和你们有点儿关系的事。

伊吉斯 我们敢不欣然跟从殿下。（除拉山德、赫米娅外均下）

拉山德 怎么啦，我的爱人！为什么你的脸颊这样惨白？你脸上的蔷薇怎么会凋谢得这样快？

赫米娅 多半是因为缺少雨露，但我眼中的泪涛可以灌溉它们。

拉山德 唉！从我在书上所能读到、在传说或历史中所能听到的，真爱的道路永远是崎岖多阻的；不是因为血统的差异——

赫米娅 不幸啊，尊贵的要向微贱者屈节臣服！

拉山德 便是因为年龄上的悬殊——

赫米娅 可憎啊，年老的要和年轻人发生关系！

拉山德 或者因为信从了亲友们的选择——

赫米娅 倒霉啊，选择爱人要依赖他人的眼光！

拉山德 或者，即使彼此两情悦服，而战争、死亡或疾病侵害着它，使它像一个声音、一片影子、一段梦、一道黑夜中的闪电那样短促，在一刹那它展现了天堂和地狱，但还来不及说一声“瞧啊”，黑暗早已张开口把它吞噬了。光明的事物，总是那样很快地变成了混沌。

赫米娅 既然真心的恋人们永远要受到折磨，似乎是一条命运的定律，那么让我们练习着忍耐吧；因为这种折磨，正和意念、幻梦、叹息、希望和哭泣一样，都是可怜的爱情缺不了的随从者。

拉山德 你说得很对。听我的吧，赫米娅。我有一个寡居的伯母，很有钱，却没有儿女，她看待我就像亲生的独子一样。她的家离开雅典二十里路；温柔的赫米娅，我可以在那边和你结婚，雅典法律的利爪不能追及我们。要是你爱我，请你在明天晚上溜出你父亲的屋子，走到郊外三里路地方的森林里，我就是在那边遇见你和海丽娜一同庆祝五月节[①]的，我将在那里等你。

赫米娅 我的好拉山德！凭着丘比特最坚强的弓，凭着他金镞的箭[②]，凭着维纳斯的鸽子的纯洁，凭着那结合灵魂、祐佑爱情的神力，凭着古代迦太基女王焚身的烈火，当她看见她那负心的特洛伊人扬帆而去的时候[③]，凭着一切男子所毁弃的约誓——那数目是远超过于女子所曾说过的，我发誓明天一定会到你所指

---

① 旧俗于5月1日早起以露盥身，采花唱歌。

② 丘比特（Cupid），爱神，背生两翼，手持弓箭；他的金镞箭主爱，铅镞箭主爱情的冷淡。

③ 古代迦太基（Carthage）女王是狄多（Dido），爱特洛伊（Troy）英雄埃涅阿斯（Aeneas），失恋自焚而死。

定的那地方和你相会。

拉山德 愿你不要失约，爱人。瞧，海丽娜来了。

海丽娜上。

赫米娅 上帝保佑美丽的海丽娜！你到哪里去？

海丽娜 你称我“美丽”吗？请你把那两个字收回了吧！狄米特律斯爱着你的美丽，幸福的美丽啊！你的眼睛是两颗明珠，你甜蜜的声音比之在牧人耳中的云雀之歌还要动听，当小麦青青、山楂蓓蕾的时节。疾病是能染人的。唉！要是美貌也能传染的话，美丽的赫米娅，我但愿染上你的美丽：我要用我的耳朵捕获你的声音，用我的眼睛捕获你的睇视，用我的舌头捕获你那柔美的旋律。要是除了狄米特律斯之外，整个世界都属于我所有，我愿意把一切捐弃，但求化身为你。啊！教给我你怎样流转你的眼波，用怎么一种魔力操纵着狄米特律斯的心？

赫米娅 我向他皱着眉头，但是他仍旧爱我。

海丽娜 唉，要是你的颦蹙能把那种本能传授给我的微笑就好了！

赫米娅 我给他咒骂，但他给我爱情。

海丽娜 唉，要是我的祈祷也能这样引动他的爱情就好了！

赫米娅 我越是恨他，他越是跟随着我。

海丽娜 我越是爱他，他越是讨厌我。

赫米娅 海丽娜，他的傻并不是我的错。

海丽娜 但那是你的美貌的错处，要是那错处是我的就好了！

赫米娅　宽心吧，他不会再见我的脸了；拉山德和我将要逃开此地。在我不曾遇见拉山德之前，雅典对于我就像是一座天堂；啊，有怎样一种神奇在我的爱人身上，使他能把天堂变成一座地狱！

拉山德　海丽娜，我们不愿瞒你。明天夜里，当月亮在镜波中反映她的银色的容颜、晶莹的露珠点缀在草叶尖上的时候——那往往是私奔最适当的时候，我们预备溜出雅典的城门。

赫米娅　我的拉山德和我将要在林中会合，就是你我常常在那边淡雅的樱草花的花坛上躺着彼此吐露柔情的衷曲的所在，从那里我们便将告别雅典，去访寻新的朋友，和陌生人做伴了。再会吧，亲爱的游侣！请你为我们祈祷；愿你重新得到狄米特律斯的心！不要失约，拉山德；我们现在必须暂时挨受一下离别的痛苦，到明晚夜深时再见面吧！

拉山德　一定的，我的赫米娅。（赫米娅下）海丽娜，别了；如同你恋着他一样，但愿狄米特律斯也恋着你！（下）

海丽娜　有些人比起其他的人来是多么幸福！在全雅典，大家都认为我跟她一样美；但那又能怎么样呢？狄米特律斯是不以为如此的；除了他一个人之外大家都知道的事情，他不会知道。正如他那样错误地迷恋着赫米娅的秋波一样，我也是只知道爱慕他的才智；一切卑劣的弱点，在恋爱中都变得无足轻重，变成美满和庄严。爱情是不用眼睛而用心灵看着的，因此生着翅膀的丘比特常被描成盲目；而且爱情的判断全然没有理性，光有翅膀不生眼睛表示出鲁莽的急躁，因此爱神便据说是一个孩子，因为在选择方面他常会弄错。正如顽皮的孩子惯爱发假誓一样，司爱情的小儿也到处赌着口不应心的咒。狄米特律斯在没有看见赫米娅之前，他也曾像下冰雹一样发着誓，说他是完全属于我的，但这阵冰雹一感到一丝赫米娅身上的热力，他便融解了，无数的誓言都化为乌有。我要去告诉他美丽的赫米娅的出逃；他知道了以后，明夜一定会到林中去追寻她。如果因为这次的通报消息，我能得到一些酬谢，我的代价也一定不小；但我的目的是要增加我的苦痛，使我能再一次聆接他的音容。（下）

第二场　雅典　昆斯的家中

昆斯、斯纳格、波顿、弗鲁特、斯诺特、斯塔佛林上。

昆斯　咱们一伙人都到了吗？

波顿　你最好照着名单一个儿一个儿拢总地点一下名。

昆斯　这不过是每个人名字都在上头的名单，整个雅典都承认，在公爵跟公爵夫人结婚那晚上当着他们的面扮演咱们这一出插戏，这张名单上的弟兄们是再合适不过的了。

波顿　第一，好彼得·昆斯，说出来这出戏讲的是什么，然后再把扮戏的人名字念出来，好有个头绪。

昆斯 好，咱们的戏名是《最可悲的喜剧，以及皮拉摩斯和提斯柏的最残酷的死》。

波顿 那一定是篇出色的东西，咱可以担保，而且是挺有趣的。现在，好彼得·昆斯，照着名单把你的角儿们的名字念出来吧。列位，大家站开。

昆斯 咱一叫谁的名字，谁就答应。尼克·波顿，织布的。

波顿 有。先说咱应该扮哪一个角儿，然后再挨次叫下去。

昆斯 你，尼克·波顿，派着扮皮拉摩斯。

波顿 皮拉摩斯是谁呀？一个情郎呢，还是一个霸王？

昆斯 是一个情郎，为着爱情的缘故，他挺勇敢地把自己毁了。

波顿 要是演得活灵活现，那准可以引人掉下几滴泪来。要是咱演起来的话，让看客们大家留心着自个儿的眼睛吧；咱要让全场痛哭流涕，管保风云失色。把其余的人叫下去吧。但是扮霸王挺适合咱的胃口。咱会把厄剌克勒斯[①]扮得非常好，或者什么吹牛的角色，管保吓破了人的胆。

山岳狂怒的震动，
裂开了牢狱的门；
太阳在远方高升，

---

① 厄剌克勒斯为赫拉克勒斯（Hercules）之讹，古希腊著名英雄。

慑服了神灵的魂。

那真是了不得！现在把其余的名字念下去吧。这是厄剌克勒斯的神气，霸王的神气；情郎还得忧愁一点儿。

昆斯 法兰西斯·弗鲁特，修风箱的。

弗鲁特 有，彼得·昆斯。

昆斯 你得扮提斯柏。

弗鲁特 提斯柏是谁呀？一个游行的侠客吗？

昆斯 那是皮拉摩斯必须爱上的姑娘。

弗鲁特 呶，真的，别叫咱扮一个娘儿们；咱的胡子已经长起来啦。

昆斯 那没有问题；你得套上假脸扮演，你可以细着声音讲话。

波顿 咱也可以把脸孔罩住，提斯柏也给咱扮了吧。咱会细声细气地说话，“提斯妮！提斯妮！”“啊呀！皮拉摩斯，奴的情哥哥，是你的提斯柏，你亲亲爱爱的姑娘！”

昆斯 不行，不行，你必须扮皮拉摩斯。弗鲁特，你必须扮提斯柏。

波顿 好吧，叫下去。

昆斯 罗宾·斯塔佛林，当裁缝的。

斯塔佛林 有，彼得·昆斯。

昆斯 罗宾·斯塔佛林，你扮提斯柏的母亲。汤姆·斯诺特，补锅子的。

斯诺特 有，彼得·昆斯。

昆斯 你扮皮拉摩斯的爸爸；咱自己扮提斯柏的爸爸；斯纳格，做细木工的，你扮一只狮子。咱想这本戏就此分配好了。

斯纳格 你有没有把狮子的台词写下？要是有的话，请你给我，因为我记性不大好。

昆斯 你不用预备，你只要嚷嚷就算了。

波顿 让咱也扮狮子吧。咱会嚷嚷，叫每一个人听见了都非常高兴；咱会嚷嚷着，连公爵都传下谕旨来说："让他再嚷下去吧！让他再嚷下去吧！"

昆斯 你要嚷得那么可怕，吓坏了公爵夫人和各位太太小姐们，吓得她们尖声叫起来，那准可以把咱们一起给吊死了。

众人 那准会把咱们一起给吊死，每一个母亲的儿子都逃不了。

波顿 朋友们，你们说得很是；要是你把太太们吓昏了头，她们一定会不顾三七二十一把咱们给吊死，但是咱可以把声音提得高一些，不，压得低一些；咱会嚷得就像一只小鸽子那样，就像一只夜莺那样。

昆斯 你只能扮皮拉摩斯；因为皮拉摩斯是一个讨人欢喜的小白脸，一个体面人，就像你可以在夏天看到的那种人；他又是一个可爱的堂堂绅士模样的人；因此你必须扮皮拉摩斯。

波顿 行，咱就扮皮拉摩斯。顶好咱挂什么须？

昆斯 那随你便吧。

波顿 咱可以挂你那稻草色的须，你那橙黄色的须，你那紫红色的须，或者你那法国金洋钱色的须，纯黄色的须。

昆斯 要是染上了法国风流病可就会掉光了须，你还是光着脸蛋吧。列位，这是你们的台词。咱请求你们，恳求你们，要求你们，在明儿夜里念熟，趁着月光，在郊外一里路地方的森林里咱们碰头，在那边咱们要练习练习；因为要是咱们在城里练习，就会有人跟着咱们，咱们的计划就要泄露出来。同时咱要开一张咱们演戏所需要的东西的单子。请你们大家不要误事。

波顿 咱们一定在那边碰头；咱们在那边练习起来可以像样点儿，胆大点儿。大家辛苦干一下，要干得非常好。再会吧。

昆斯 咱们在公爵的橡树底下再见。

波顿 好了，可不许失约。（同下）

第二幕

第一场　雅典附近的森林

一神仙及迫克自相对方向上。

迫克　喂，精灵！你漂流到哪里去？

神仙　越过了溪谷和山陵，

穿过了荆棘和丛薮，

越过了围场和园庭，

穿过了急流和爝火；

我在各地漂游流浪，

轻快得像是月亮光；

我给仙后奔走服务，

草环[①]上缀满轻轻露。

① 野地上有时发现环形的茂草，传谓仙人夜间在此跳舞所成。

亭亭的莲馨花是她的近侍，
黄金的衣上饰着点点斑痣；
那些是仙人们投赠的红玉，
中藏着一缕缕的芳香馥郁；
我要在这里访寻几滴露水，
给每朵花挂上珍珠的耳坠。
再会，再会吧，你粗野的精灵！
因为仙后的大驾快要来临。

迫克 今夜大王在这里大开欢宴，
千万不要让他俩彼此相见；
奥布朗的脾气可不是顶好，
为着王后的固执十分着恼；
她偷到了一个印度小王子，
就像心肝一样怜爱和珍视；
奥布朗看见了有些儿眼红，
想要把他充作自己的侍童；
可是她哪里便肯把他割爱，
满头花朵她为他亲手插戴。
从此林中、草上、泉畔和月下，
他们一见面便要破口相骂；
小妖们往往吓得胆战心慌，

没命地钻向橡斗中间躲藏。

神仙 要是我没有把你认错，你大概便是名叫罗宾好人儿的狡猾淘气的精灵了。你就是惯爱吓唬乡村的女郎，在人家的牛乳上撮去了乳脂，使那气喘吁吁的主妇整天也搅不出奶油来；有时你暗中替人家磨谷，有时弄坏了酒使它不能发酵；夜里走路的人，你把他们引入了迷路，自己却躲在一旁窃笑；谁叫你“大仙”或是“好迫克”的，你就给他幸运，帮他做工：那就是你吗？

迫克 仙人，你说得正是；我就是那个快活的夜游者。我在奥布朗跟前想出种种笑话来逗他发笑，看见一匹肥胖精壮的马儿，我就学着雌马的嘶声把它迷昏了头；有时我化作一个炽熟的野苹果，躲在老太婆的酒碗里，等她举起碗想喝的时候，我就啪地弹到她嘴唇上，把一碗麦酒都倒在她那皱瘪的喉皮上；有时我化作三脚的凳子，满肚皮人情世故的婶婶刚要坐下来讲她那感伤的故事，我便从她的屁股底下滑走，把她翻了一个大元宝，一头喊“好家伙”，一头咳呛个不住，于是周围的人笑得前仰后合，他们越想越好笑，鼻涕眼泪都笑了出来，发誓说从来没有碰到过比这更有趣的事。但是让开路来，仙人，奥布朗来了。

神仙 娘娘也来了。他要是走开了才好！

奥布朗及提泰妮娅各带侍从，自相对方向上。

奥布朗 真不巧又在月光下碰见你，骄傲的提泰妮娅！

提泰妮娅　嘿，嫉妒的奥布朗！神仙们，快快走开，我已经发誓不和他同游同寝了。

奥布朗　等一等，坏脾气的女人！我不是你的夫君吗？

提泰妮娅　那么我也一定是你的尊夫人了。但是你从前溜出了仙境，扮作牧人的样子，整天吹着麦笛，向风骚的牧女调情，这种事我全知道。今番你为什么要从迢迢的印度平原上赶到这里来呢？无非是为着那位高傲的阿玛宗女王，你的勇武的爱人，要嫁给忒修斯了；所以你得来向他们道贺道贺。

奥布朗　你怎么好意思说出这种话来，提泰妮娅，把我的名字和希波吕忒牵涉在一起侮蔑我？你自己知道你和忒修斯的私情瞒不过我。不是你在朦胧的夜里引导他离开被他所俘虏的佩丽古娜？不是你使他负心地遗弃了美丽的伊葛尔、爱丽亚邓和安提奥巴？[①]

提泰妮娅　这些都是因为嫉妒而捏造出来的谎话。自从仲夏之初，我们每次在山上、谷中、树林里、草场上、细石铺底的泉旁，或是海滨的沙滩上聚集，预备和着呜啸的风声跳环舞的时候，总是被你吵断了我们的兴致。风因为我们不理会他的吹奏，生了气，便从海中吸起了毒雾；毒雾化成瘴雨下降地上，使每一条小小的溪河都耀武扬威地泛滥到岸上：因此牛儿白白牵着

① 皆忒修斯情人，先后为其所弃。

躯，农夫枉费了他的血汗，青青的嫩禾还没有长上芒须，便腐烂了；空了的羊栏露出在一片汪洋的田中，乌鸦饱啖着瘟死了的羊群的尸体；草坪上满是湿泥，杂草乱生的曲径，因为没有人行走，已经辨不出来。执掌潮汐的月亮，因为再也听不见夜间颂神的歌声，气得脸孔发白，把空气中播满了湿气，一沾染上身就要使人害风湿症。因为天时不正，季候也反了常：白头的寒霜倾倒在红颜的蔷薇的怀里，年迈的冬神薄薄的冰冠上，却嘲讽似的缀上了夏天芬芳的蓓蕾的花环。春季、夏季、丰收的秋季、暴怒的冬季，都改换了它们素来的装束，惊愕的世界不能再从它们的出产上辨别出是谁来。这都因为我们的不和所致，我们是一切灾祸的根源。

奥布朗　那么你就该设法补救，这全然在你的手中。为什么提泰妮娅要违拗她的奥布朗呢？我所要求的，不过是一个小小的换儿[①]做我的侍童罢了。

提泰妮娅　请你死了心吧，整个仙境谁也不能从我手里换得这个孩子。他的母亲是我神坛前的一个信徒，在芬芳的印度的夜晚，她常常在我身旁闲谈，陪我坐在海边的黄沙上，凝望着水面的商船；我们一起笑看着那些船帆因狂荡的风而怀孕，一个个凸起了肚皮；她那时也正怀孕着这个小宝贝，便学着船帆的样

① 传说中仙人常于夜间将人家美丽小儿窃去，以愚蠢的妖童换置其处。

子，美妙而轻快地凌风而行，为我往岸上寻取各种杂物，回来时就像航海而归，带来了无数的商品。但因为她是一个凡人，所以在产下这孩子时便死了。为着她的缘故我才抚养她的孩子，也为着她的缘故我不愿舍弃他。

奥布朗 你预备在这林中耽搁多久？

提泰妮娅 也许要到忒修斯的婚礼以后。要是你肯耐心地和我们一起跳舞，看看我们月光下的游戏，那么跟我们一块儿走吧；不然的话，请你不要见我，我也绝不到你的地方来。

奥布朗 把那个孩子给我，我就和你一块儿走。

提泰妮娅 把你的仙国跟我调换都别想。神仙们，去吧！要是我再多留一刻，我们就要吵起来了。（率侍从等下）

奥布朗 好，去你的吧！为着这次的侮辱，我一定要在你离开这座林子之前给你一些惩罚。我的好迫克，过来。你记得有一次我坐在一个海岬上，望见一个美人鱼骑在海豚的背上，她的歌声是那样婉转而谐美，镇静了狂暴的怒海，好几个星星都疯狂地跳出了它们的轨道，为要听这海女的音乐。[①]

迫克 我记得。

---

① 此段及下一段中的寓意自来有各种猜测。据云美人鱼影射苏格兰女王玛丽；玛丽才貌无双，为伊丽莎白女王所嫉杀，举世悼之。玛丽尝婚法国王太子，故云“骑在海豚的背上”，因法国王太子的称号Dauphin与海豚（dolphin）发音相似。“星星跳出轨道”云者，指英廷党玛丽的大臣。莎士比亚因恐犯忌讳，故特以隐语出之。

奥布朗　就在那个时候，你看不见，但我能看见持着弓箭的丘比特在冷月和地球之间飞着；他瞄准了坐在西方宝座上的一个童贞女[①]，很灵巧地从他的弓上射出他的爱情之箭，好像它能刺透十万颗心的样子。否则我也许可以看见小丘比特的火箭在如水冷洁的月光中熄灭，那位童贞的女王心中一尘不染，在纯洁的思念中安然无恙；但是我看见那支箭却落在西方一朵小小的花上，它本来是乳白色的，现在已因爱情的创伤而被染成紫色，少女们把它称作“爱懒花”。去给我把那花采来。我曾经给你看过它的样子；它的汁液如果滴在睡着的人的眼皮上，无论男女，醒来一眼看见什么生物，都会发疯似的对它恋爱。给我采这种花来；在鲸鱼还不曾游过三英里路之前，必须回来复命。

迫克　我可以在四十分钟内环绕世界一周。（下）

奥布朗　这种花汁一到了手，我便留心着等提泰妮娅睡了的时候把它滴在她的眼皮上；她一醒来第一眼看见的东西，无论是狮子也好，熊也好，狼也好，公牛也好，或者好事的猕猴、忙碌的无尾猿也好，她都会用最强烈的爱情追求它。我可以用另一种草解去这种魔力，但第一我先要叫她把那个孩子让给我。可是谁到这儿来啦？他们看不见我，让我听听他们的谈话。

狄米特律斯上，海丽娜随其后。

① 当指伊丽莎白女王。女王终身不嫁，故云。

狄米特律斯 我不爱你，所以别跟着我。拉山德和美丽的赫米娅在哪儿？我要把拉山德杀死，但我的命却悬在赫米娅手中。你对我说他们私奔到这座林子里，因此我赶到这儿来；可是因为遇不见我的赫米娅，我简直要发疯啦。滚开！快走，不许再跟着我！

海丽娜 是你吸引我跟着你的，你这硬心肠的磁石！可是你所吸的却不是铁，因为我的心像钢一样坚贞。要是你去掉你的吸引力，那么我也将没有力量再跟着你了。

狄米特律斯 是我引诱你吗？我曾经向你说过好话吗？我不是曾经明明白白地告诉过你，我不爱你，而且也不能爱你吗？

海丽娜 即使那样，也只会使我爱你爱得更加厉害。我是你的一只狗，狄米特律斯；你越是打我，我越是讨好你。请你就像对待你的狗一样对待我吧，踢我、打我、冷淡我、不理我，都好，只容许我跟随着你，虽然我是这么不好。在你的爱情里我还能要求什么，比一只狗还不如的地位吗？但对于我已经十分可贵了。

狄米特律斯 不要过分惹起我的厌恨吧，我一看见你就头痛。

海丽娜 可是我不看见你就心痛。

狄米特律斯 你太不顾虑你自己的体面，离开了城中，把你自己委身在一个不爱你的人手里；你也不想想你的贞操多么值钱，就在黑夜中这么一个荒凉的所在盲目地听从着不可知的命运。

海丽娜 你能够使我安心：当我看见你面孔的时候，黑夜也变成了白昼，因此我并不觉得现在是在夜里；你在我的眼里是整个世界，因此在这座林中我也不愁缺少伴侣——要是整个世界都在这儿瞧着我，我怎么还是单身独自一人呢？

狄米特律斯 我要逃开你，躲在丛林之中，任凭野兽把你怎样处置。

海丽娜 最凶恶的野兽也不像你这样残酷。你要逃开我就逃开吧。从此以后，古来的故事要改过了：逃走的是阿波罗，追赶的是达芙妮；[①]鸽子追逐着鹰隼；温柔的牝鹿追捕着猛虎；然而弱者追求勇者，结果总是徒劳无益的。

狄米特律斯 我不高兴听你再唠叨下去。让我走吧；要是你再跟着我，相信我，在这座林中你要被我欺负的。

海丽娜 嗯，在寺庙中，在市镇上，在乡野里，你到处都欺负我。唉，狄米特律斯！你对我的虐待已经使我们女子蒙上了耻辱。我们是不会像男人一样为爱情而争闹的；我们应该被人家求爱，而不是向人家求爱。（狄米特律斯下）我要立意跟随你；我愿死在我所深爱的人的手中，好让地狱化为天宫。（下）

奥布朗 再会吧，女郎！当他还没有离开这座树林，你将逃避他，他将追求你的爱情。

迫克重上。

---

① 阿波罗（Apollo）是太阳神，爱仙女达芙妮（Daphne），达芙妮避之而化为月桂树。

奥布朗 你已经把花采来了吗？欢迎啊，浪游者！

迫克 是的，它就在这儿。

奥布朗 请你把它给我。

我知道一处茴香盛开的水滩，
长满着樱草和盈盈的紫罗兰，
馥郁的金银花，芗泽的野蔷薇，
漫天张起了一幅芬芳的锦帷。
有时提泰妮娅在群花中酣醉，
柔舞清歌低低地抚着她安睡；
我要洒一点儿花汁在她的眼上，
让她充满了各种可憎的幻象。
其余的你带了去在林中访寻，
一个娇好的少女见弃于情人；
倘见那薄幸的青年在她近前，
就把它轻轻地点上他的眼边。
他的身上穿着雅典人的装束，
你需仔细辨认清楚不许弄错；
小心地执行着我谆谆的吩咐，
让他无限的柔情都向她倾吐。
等第一声雄鸡啼时我们再见。

迫克 放心吧，主人，一切如你的意念。（各下）

第二场　林中的另一处

提泰妮娅及侍从等上。

提泰妮娅　来，跳一回舞，唱一曲神仙歌，然后在一分钟内余下来的三分之一的时间里，大家散开去；有的去杀死麝香玫瑰苞中的蛀虫；有的去和蝙蝠作战，剥下它们的翼革来为我的小妖儿们做外衣；其余的人去驱逐每夜啼叫，看见我们这些伶俐的小精灵而惊骇的猫头鹰。现在唱歌给我催眠吧；唱罢之后，大家各做各的事，让我休息一会儿。

神仙们唱：

（一）

两舌的花蛇，多刺的猬，
不要打扰着她的安睡；
蝾螈和蜥蜴，不要行近，
仔细毒害了她的宁静。
夜莺，鼓起你的清弦，
为我们唱一曲催眠：
睡啦，睡啦，睡睡吧！睡啦，睡啦，睡睡吧！
一切害物远走高飞，
不会行近她的身旁；

晚安，睡睡吧！

（二）

织网的蜘蛛，不要过来；

长脚的蛛儿快快走开！

黑背的蜣螂，不许走近；

不许莽撞，蜗牛和蚯蚓。

夜莺，鼓起你的清弦，

为我们唱一曲催眠：

睡啦，睡啦，睡睡吧！睡啦，睡啦，睡睡吧！

一切害物远走高飞，

不会行近她的身旁；

晚安，睡睡吧！

一仙人 去吧！现在一切都已完成，只需留着一个人做哨兵。

（众神仙下，提泰妮娅睡）

奥布朗上，挤花汁滴在提泰妮娅眼皮上。

奥布朗 等你眼睛一睁开，

你就看见你的爱，

为他担起相思债：

山猫、豹子、大狗熊，

野猪身上毛蓬蓬；

等你醒来一看见，

芳心可可为他恋。（下）

拉山德及赫米娅上。

拉山德 好人，你在林中跋涉着，疲乏得快要昏倒了。说老实话，我已经忘记了我们的路。要是你同意，赫米娅，让我们休息一下，停下来舒适舒适吧。

赫米娅 就照你的意思吧，拉山德。你去给你自己找一处睡眠的所在，因为我要在这水滨安息我的形骸。

拉山德 一块草地可以做我们两人枕首的地方；两个胸膛一条心，应该合睡一个眠床。

赫米娅 哎，不要，亲爱的拉山德；为着我的缘故，我的亲亲，再躺远一些，不要挨得那么近。

拉山德 啊，爱人！不要误会了我无邪的本意，恋人们是应该明白彼此所说的话的。我是说我的心和你的心联结在一起，已经打成一片，分不开来；两个心胸彼此用盟誓连系，共有着一片忠贞。因此不要拒绝我睡在你的身旁，赫米娅，我没有一点儿坏心肠。

赫米娅 拉山德真会说话。要是赫米娅疑心拉山德有坏心肠，愿她从此不能堂堂做人。但是好朋友，为着爱情和礼貌的缘故，请睡得远一些；在人间的礼法上，这样的隔分对于束身自好的未婚男女，是最为合适的。这么远就行了。晚安，亲爱的朋友！愿爱情永无更改，直到你生命的尽头！

拉山德 依着你那祈祷我应和着阿门！阿门！我将失去我的生命，如其我失去我的忠贞！（略就远处退卧）这里是我的眠床了，但愿睡眠给予你充分的休养！

赫米娅 那愿望我愿意和你分享！（二人入睡）

迫克上。

迫克 我已经在森林中间走遍，
但雅典人可还不曾瞧见，
我要把这花液滴在他眼上
试一试激动爱情的力量。
寂静的深宵！啊，谁在这厢？
他身上穿着雅典的衣裳。
这正是我主人所说的他，
狠心地欺负那美貌娇娃；
她正在这一旁睡得酣熟，
不顾到地上的潮湿龌龊：
美丽的人儿！她竟然不敢
睡近这没有心肝的恶汉。（挤花汁滴拉山德眼上）
我已在你眼睛上，坏东西！
倾注着魔术的神奇力量；
等你醒来的时候，让爱情
从此扰乱你睡眠的安宁！

别了，你醒来我早已远去，

奥布朗在盼我和他见面。（下）

狄米特律斯及海丽娜奔驰上。

海丽娜 你杀死了我也好，但是请你停步吧，亲爱的狄米特律斯！

狄米特律斯 我命令你走开，不要这样缠扰着我！

海丽娜 啊！你要把我丢在黑暗中吗？请不要这样！

狄米特律斯 站住！否则叫你活不成。我要独自走我的路。（下）

海丽娜 唉！这痴心的追赶使我乏得透不过气来。我越是千求万告，越是惹他憎恶。赫米娅无论在什么地方都那么幸福，因为她有一双天赐的迷人的眼睛。她的眼睛怎么会这样明亮呢？不是为着泪水的缘故，因为我的眼睛被眼泪洗着的时候比她更多。不，不，我是像一头熊那么难看，就是云看见我也会因害怕而逃走；因此一点儿也不奇怪狄米特律斯会这样逃避着我，就像逃避一个丑妖怪。哪一面欺人的坏镜子使我居然敢把自己跟赫米娅的明星一样的眼睛相比呢？但是谁在这里？拉山德在地上！死了吗，还是睡了？我看不见有血，也没有伤处。拉山德，要是你没有死，好朋友，醒醒吧！

拉山德 （醒）我愿为你赴汤蹈火，玲珑剔透的海丽娜！上天在你身上显出他的本领，使我能在你的胸前看彻你的心。狄米特律斯在哪里？嘿！那个难听的名字让他死在我的剑下多么合适！

海丽娜 不要这样说，拉山德！不要这样说！即使他爱你的赫米娅又有什么关系？上帝！那又有什么关系？赫米娅仍旧是爱着你的，所以你应该心满意足了。

拉山德 跟赫米娅心满意足吗？不，我真悔恨和她在一起度过的那些可厌的时辰。我不爱赫米娅，我爱的是海丽娜；谁不愿意把一只乌鸦换一头白鸽呢？人们的意志是为理性所支配的，理性告诉我你比她更值得敬爱。凡是生长的东西，不到季节，总不会成熟：我一向因为年轻的缘故，我的理性也不会成熟；但是现在我的智慧已经充分成长，理性指挥着我的意志，把我引到了你的眼前；在你的眼睛里我可以读到写在最丰美的爱情经典上的故事。

海丽娜 我怎么忍受得下这种尖刻的嘲笑呢？我什么时候得罪了你，使你这样讥讽我呢？我从来不曾得到过，也永远不会得到，狄米特律斯的一瞥爱怜的眼光，难道还不够，难道那还不够，年轻人，而你必须再这样挖苦我的短处吗？真的，你侮辱了我；真的，用这种卑鄙的样子向我假意献媚。但是再会吧！我还以为你是个较有教养的上流人。唉！一个女子受到了这一个男人的摈拒，还得忍受那一个男子的揶揄。（下）

拉山德 她没有看见赫米娅。赫米娅，睡你的吧，再不要走近拉山德的身边了！一个人吃足了太多的甜食，能使胸胃中发生强烈的厌恶；改信正教的人，最是痛心疾首于以往欺骗他的异端邪说：你也正是这样。让你被一切人憎恶吧，但没有别人比之我

更为憎恶你了。我的一切生命之力啊，用爱和力来尊崇海丽娜，做她的忠实的武士吧！（下）

赫米娅 （醒）救救我，拉山德！救救我！用出你全身力量来，替我在胸口上攆掉这条蠕动的蛇。哎呀，天哪！做了怎样的梦！拉山德，瞧我怎样因害怕而颤抖着。我觉得仿佛一条蛇在嚼食我的心，而你坐在一旁，瞧着它的残酷肆虐地微笑。拉山德！怎么！换了地方了？拉山德！好人！怎么！听不见？去了？没有声音，不说一句话？唉！你在哪儿？要是你听见我，答应一声啊！凭着一切爱情的名义，说话呀！我差不多要因害怕而晕倒了。仍旧一声不响！我明白你已不在近旁；要是我寻不到你，我定将一命丧亡！（下）

第 三 幕

第一场　林中　提泰妮娅熟睡未醒

昆斯、斯纳格、波顿、弗鲁特、斯诺特、斯塔佛林上。

波顿　咱们都会齐了吗？

昆斯　妙极了，妙极了，这儿真是给咱们练戏用的一块再方便不过的地方。这块草地可以做咱们的戏台，这一丛山楂树便是咱们的后台。咱们可以认真扮演一下，就像当着公爵殿下的面一样。

波顿　彼得·昆斯——

昆斯　你说什么，波顿好家伙？

波顿　在这本《皮拉摩斯和提斯柏》的戏文里，有几个地方准难叫人家满意。第一，皮拉摩斯该拔出剑来结果自己的性命，这是太太小姐们受不了的。你们说对不对？

斯诺特　凭着圣母娘娘的名字，这可真不是玩儿的事。

斯塔佛林　我说咱们把什么都做完了之后，这一段自杀可以不用表演。

波顿 不必，咱有一个好法子。给咱写一段开场诗，让这段开场诗大概这么说：咱们的剑是不会伤人的；皮拉摩斯并不是实实在在真的把自己干掉了；顶好再那么声明一下，咱扮着皮拉摩斯的，并不是皮拉摩斯，实在是织工波顿，这么一下她们就不会被吓到了。

昆斯 好吧，就让咱们有这么一段开场诗，咱可以把它写成八六体①。

波顿 把它再加上两个字，让它是八个字八个字那么的吧。

斯诺特 太太小姐们见了狮子不会哆嗦吗？

斯塔佛林 咱担保她们一定会害怕。

波顿 列位，你们得好好想一想：把一头狮子——老天爷保佑咱们！——带到太太小姐们的中间，还有比这更荒唐得可怕的事吗？在野兽中间，狮子是再凶恶不过的。咱们可得考虑考虑。

斯诺特 那么说，就得再写一段开场诗，说他并不是真的狮子。

波顿 不，你应当把他的名字说出来，他的脸蛋的一半要露在狮子头颈的外边。他自己就该说着这样或者诸如此类的话："太太小姐们，"或者说，"尊贵的太太小姐们，咱要求你们，"或者说，"咱请求你们，"或者说，"咱恳求你们，不用害怕，不用发抖；

---

① 八音节六音节相间的诗体。

咱可以用生命给你们担保。要是你们想咱真是一头狮子，那咱才真是倒霉啦！不，咱完全不是这种东西；咱是跟别人一样的人。”这么着让他说出自己的名字来，明明白白地告诉她们，他是细木工匠斯纳格。

昆斯 好吧，就这么办。但是还有两件难事。第一，咱们要把月亮光搬进屋子里来，你们知道皮拉摩斯和提斯柏是在月亮底下相见的。

斯纳格 咱们演戏的那天可有月亮吗？

波顿 拿历本来，拿历本来！瞧历本上有没有月亮，有没有月亮。

昆斯 有的，那晚上有好月亮。

波顿 啊，那么你就可以把大厅上的一扇窗打开，月亮就会打窗子里照进来啦。

昆斯 对了；否则就得叫一个人一手拿着柴枝，一手举起灯笼，登场说他是代表着月亮。现在还有一件事，咱们在大厅里应该有一堵墙；因为故事上说，皮拉摩斯和提斯柏凑着墙缝彼此讲话。

斯纳格 你可不能把一堵墙搬进来。你怎么说，波顿？

波顿 让什么人扮作墙头；让他身上涂着些灰泥黏土之类，表明他是墙头；让他把手指举起做成那个样儿，皮拉摩斯和提斯柏就可以在手指缝里低声谈话了。

昆斯 那样的话，一切就都已齐全了。来，每个老娘的儿子都坐下来，念着你们的台词。皮拉摩斯，你开头；你说完了之后，就走进那簇树后，这样大家可以按照尾白[1]挨次说下去。

迫克自后上。

迫克 那一群凡夫俗子胆敢在仙后卧榻之旁鼓唇弄舌？哈，在那儿演戏！让我做一个听戏的吧；要是觑着机会的话，也许我还要做一个演员哩。

昆斯 说吧，皮拉摩斯。提斯柏，站出来。

波顿 提斯柏，花儿开得十分腥——

昆斯 十分香，十分香。

波顿 ——开得十分香；

你的气息，好人儿，也是一个样。

听，那边有一个声音，你且等一等，

一会儿咱再来和你诉衷情。（下）

迫克 请看皮拉摩斯变成了怪妖精。（下）

弗鲁特 现在该咱说了吧？

昆斯 是的，该你说。你得弄清楚，他是去瞧瞧什么声音去的，等一会儿就要回来。

弗鲁特 最俊美的皮拉摩斯，脸孔红如红玫瑰，

肌肤白得赛过纯白的百合花，

活泼的青年，最可爱的宝贝，

① 指一句特定的名词。第一个演员念到“尾白”时，第二个演员便开始接话。

忠心耿耿像一匹顶好的马。

皮拉摩斯，咱们在宁尼[1]的坟头相会。

昆斯 “尼纳斯的坟头”，老兄。你不要就把这句说出来，那是要你答应皮拉摩斯的；你把要你说的话不管什么尾白不尾白都一股脑儿说出来啦。皮拉摩斯，进来；你的尾白已经给你说过了，是“顶好的马”。

弗鲁特 噢。——忠心耿耿像一匹顶好的马。

迫克重上；波顿戴驴头随上。

波顿 美丽的提斯柏，咱是整个儿属于你的！

昆斯 怪事！怪事！咱们见了鬼啦！列位，快逃！快逃！救命啊！（众下）

迫克 我要把你们带领得团团乱转，

经过一处处沼地、草莽和林薮；

有时我化作马，有时化作猎犬，

化作野猪、没头的熊，或是磷火；

我要学马样嘶，犬样吠，猪样嗥，

熊一样地咆哮，野火一样燃烧。（下）

波顿 他们干吗都跑走了呢？这准是他们的恶计，要把咱吓一跳。

斯诺特重上。

① 宁尼（Ninny）是尼纳斯（Ninus）之讹，尼尼微城的建立者。Ninny照字面讲有“傻子”之意。

斯诺特 啊，波顿！你变了样子啦！你头上是什么东西呀？

波顿 是什么东西？你瞧见你自己变成了一头蠢驴啦，是不是？（斯诺特下）

昆斯重上。

昆斯 天哪！波顿！天哪！你变啦！（下）

波顿 咱看透他们的鬼把戏；他们要把咱当作一头蠢驴，想出法子来吓咱。可是咱决不离开这块地方，瞧他们怎么办。咱要在这儿跑来跑去；咱要唱个歌儿，让他们听见了知道咱可一点儿不怕。（唱）

山鸟嘴巴黄沉沉，
浑身长满黑羽毛，
画眉唱得顶认真，
声音尖细是欧鷦。

提泰妮娅 （醒）什么天使使我从百花的卧榻上醒来呢？

波顿 鹌鸽，麻雀，百灵鸟，
还有杜鹃爱骂人，
大家听了心头恼，
可是谁也不回声。[1]

---

① 杜鹃下卵于他鸟的巢中，故用以喻奸夫，但其后cuckold（由cuckoo化出）一词却用作奸妇本夫的代名词。杜鹃的鸣声即为cuckoo，不啻骂人为“乌龟”。但因闻者不能知其妻子是否贞洁，故虽恼而不敢作声。

真的，谁耐烦跟这么一只蠢鸟斗口舌呢？即使它骂你是乌龟，谁又高兴跟他争辩呢？

提泰妮娅 温柔的凡人，请你唱下去吧！我的耳朵沉醉在你的歌声里，我的眼睛又为你的状貌所迷惑；在第一次见面的时候，你的美姿已使我不禁说出而且矢誓着我爱你了。

波顿 咱想，奶奶，您这可太没有理由。不过说老实话，现今世界上理性可真难得跟爱情碰头；也没有哪位正直的邻居大叔给他俩撮合撮合做朋友，真是抱歉得很。哈，我有时也会说说笑话。

提泰妮娅 你真是又聪明又美丽。

波顿 不见得，不见得。可是咱要是有本事跑出这座林子，那已经很够了。

提泰妮娅 请不要跑出这座林子！不论你愿不愿，你一定要留在这里。我不是一个平常的精灵，夏天永远听从我的命令；我真是爱你，因此跟我去吧。我将使神仙们侍候你，他们会从海底里捞起珍宝献给你；当你在花茵上睡去的时候，他们会给你歌唱，而且我要给你洗涤去俗体的污垢，使你轻得像个精灵一样。豆花！蛛网！飞蛾！芥子！

四神仙上。

豆花 有。

蛛网 有。

飞蛾 有。

芥子 有。

四仙 （合）差我们到什么地方去？

提泰妮娅 恭恭敬敬地侍候这先生，

蹿蹿跳跳地追随他前行；

给他吃杏子、鹅莓和桑葚，

紫葡萄和无花果儿青青。

去把野蜂的蜜囊儿偷取，

剪下蜂股的蜜蜡做烛炬，

在流萤的火睛里点了火，

照着我的爱人晨兴夜卧；

再摘下彩蝶儿粉翼娇红，

扇去他眼上的月光溶溶。

来，向他鞠一个深深的躬。

四仙 （合）万福，凡人！

波顿 请你们列位先生多多担待担待在下。请教大号是——？

蛛网 蛛网。

波顿 很希望跟您交个朋友，好蛛网先生；要是咱指头儿割破了的话，咱要大胆用用您。[①]善良的先生，您的尊号是——？

豆花 豆花。

---

① 俗云蛛丝能止血。

波顿 啊，请多多给咱向令堂豆荚奶奶和令尊豆壳先生致意。好豆花先生，咱也很希望跟您交个朋友。先生，您的雅号是——？

芥子 芥子。

波顿 好芥子先生，咱知道您是个饱历艰辛的人；那块庞大无比的牛肉曾经把您家里好多人都吞去了。不瞒您说，您的亲戚们曾经把咱辣出泪水来。咱希望跟您交个朋友，好芥子先生。

提泰妮娅 来，侍候着他，引路到我的闺房。

月亮今夜有一颗多泪的眼睛；

小花们也都陪着她眼泪汪汪，

悲悼一些失去了的童贞。

吩咐那好人静静走不许作声。（同下）

第二场 林中的另一处

奥布朗上。

奥布朗 不知道提泰妮娅有没有醒来；等她醒来的时候，她就要猛烈地爱上她第一眼看到的无论什么东西了。这边来的是我的使者。

迫克上。

奥布朗 啊，疯狂的精灵！在这座夜的魔林里现在有什么事情发生？

迫克 娘娘爱上了一个怪物。当她昏昏睡熟的时候，在她的隐秘的神圣的卧室之旁，来了一群村汉；他们都是在雅典市集上做工过活的粗鲁的手艺人，聚集在一起练着戏，预备在忒修斯结婚的那天表演。在这一群蠢货中间，一个最蠢的蠢材扮演着皮拉摩斯；当他退场而走进一簇丛林里去的时候，我就抓住了这个好机会，给他的头上罩上一头死驴的头壳。一会儿他因为必须去答应他的提斯柏，所以这位好伶人又出来了。他们一看见了他，就像雁子望见了蹑足行近的猎人，又像一大群灰鸦听见了枪声，轰然飞起乱叫，四散着横扫过天空一样，大家没命地逃走了；又因为我们的跳舞震动了地面，一个个横仆竖倒，嘴里乱喊着救命。他们本来就是那么糊涂，这回吓得完全丧失了神志，没有知觉的东西也都来欺侮他们了：野茨和荆棘抓破了他们的衣服；有的失去了袖子，有的落掉了帽子，败军之将，无论什么东西都是予取予求的。在这种惊惶中我领着他们走去，把变了样子的可爱的皮拉摩斯孤单地留下，就在那时候，提泰妮娅醒了过来，立刻就爱上了一头驴子了。

奥布朗 这比我所能想得到的计策还好。但是你有没有依照我的吩咐，把那爱汁滴在那个雅典人的眼上呢？

迫克 那我也已经乘他睡熟的时候办好了。那个雅典女人就在他的身边，因此他一醒来，一定便会看见她。

狄米特律斯及赫米娅上。

奥布朗 站住，这就是那雅典人。

迫克 这女人一点儿也不错，那男人可不是。

狄米特律斯 唉！为什么你这样骂着深爱你的人呢？那种毒骂是应该加在你仇敌身上的。

赫米娅 现在我不过把你数说数说罢了；我应该更厉害地对付你，因为我相信你是可诅咒的。要是你已经乘着拉山德睡着的时候把他杀了，那么把我也杀了吧；已经两脚踏在血泊中，索性让杀人的血淹没你的膝盖吧。太阳对于白昼，也没有像他对于我那样的忠心。当赫米娅睡熟的时候，他会悄悄地离开她吗？我宁愿相信地球的中心可以穿成孔道，月亮会从里面钻了过去，在地球的那一端跟她兄长的白昼捣乱。[①]一定是你已经把他杀死了；因为只有杀人的凶徒，脸上才会这样惨白而可怖。

狄米特律斯 被杀者的脸色应该是这样的，你的残酷已经洞穿我的心，因此我应该有那样的脸色；但是你这杀人的，却瞧上去仍然是那么辉煌莹洁，就像那边天上闪耀着的维纳斯[②]一样。

赫米娅 你这种话跟我的拉山德有什么关系？他在哪里呀？啊，好狄米特律斯，把他还给我吧！

狄米特律斯 我宁愿把他的尸体喂我的猎犬。

赫米娅 滚开，贱狗！滚开，恶狗！你使我再也忍不住了。你真的把他杀了吗？从此之后，别再把你算作人吧！啊，看在我的面上，老老实实告诉我，告诉我，你，一个清醒的人，看见他睡

---

① 希腊神话中，月神菲碧（Phoebe）是太阳神福玻斯（Phoebus）的妹妹。
② 在罗马神话中，金星被称为维纳斯。

着，而把他杀了吗？哎哟，真勇敢！一条蛇，一条毒蛇，都比不上你；因为它的分叉的毒舌，还不及你的毒心更毒！

狄米特律斯 你的脾气发得好没来由。我并没有杀死拉山德，他也并没有死，照我所知道的。

赫米娅 那么请你告诉我他是安全的。

狄米特律斯 要是我告诉你，我将得到什么好处呢？

赫米娅 你可以得到永远不再看见我的权利。我从此离开你那可憎的脸；无论他死也罢活也罢，你再不要和我相见。（下）

狄米特律斯 她在这样的盛怒之中，我还是不要跟着她。让我在这儿暂时停留一会儿。

睡眠欠下了沉忧的债[1]，
心头加重了沉忧的担；
我且把黑甜乡暂时寻访，
还了些还不尽的糊涂账。（卧下睡去）

奥布朗 你干了些什么事呢？你已经大大地弄错了，把爱汁去滴在一个真心的恋人的眼上。为了这次错误，本来忠实的将要变了心肠，而不忠实的仍旧和以前一样。

迫克 一切都是命运在做主；保持着忠心的不过一个人；变心的，把盟誓起了一个毁了一个的，却有百万个人。

---

① 此句意义很曲折。大意谓沉忧唯睡眠可以补偿，但因沉忧过多，而睡眠不足，故睡眠负沉忧之债。

奥布朗 比风还快地到林中各处去访寻名叫海丽娜的雅典女郎吧。她是全然为爱情而憔悴的，痴心的叹息耗去了她脸上的血色。用一些幻象把她引到这儿来：我将在他的眼睛上施上魔法，准备他们的见面。

迫克 我去，我去，瞧我一会儿便失了踪迹；鞑靼人的飞箭都赶不上我的迅疾。（下）

奥布朗 这一朵紫色的小花，
尚留着爱神的箭疤，
让它那灵液的力量，
渗进他眸子的中央。
当他看见她的时光，
让她显出庄严妙相，
如同金星照亮天庭，
让他向她婉转求情。
迫克重上。

迫克 报告神仙界的头脑，
海丽娜已被我带到，
她后面随着那少年，
正在哀求着她眷怜。
瞧瞧那痴愚的形状，
人们真蠢得没法想！

奥布朗 站开些；他们的声音

将要惊醒睡着的人。

迫克 两男合爱着一女，

这把戏已够有趣；

最妙是颠颠倒倒，

看着才叫人发笑。

拉山德及海丽娜上。

拉山德 为什么你要以为我的求爱不过是向你嘲笑呢？嘲笑和戏谑是永不会伴着眼泪而来的；瞧，我在起誓的时候，是多么感泣着！这样的誓言是不会被人认作虚诳的。明明有着可以证明是千真万确的表记，为什么你会以为我这一切都出于讪笑呢？

海丽娜 你越来越俏皮了。要是人们所说的真话都是互相矛盾的，那么相信哪一句真话好呢？这些誓言都是应当向赫米娅说的，难道你把她丢弃了吗？把你对她和对我的誓言放在两个秤盘里，一定称不出轻重来，因为都是像空话那样虚浮。

拉山德 当我向她起誓的时候，我实在一点儿见识都没有。

海丽娜 照我想起来，你现在把她丢弃了也不像是有见识的。

拉山德 狄米特律斯爱着她，但他不爱你。

狄米特律斯 （醒）啊，海伦[1]！完美的女神！圣洁的仙子！我要用

---

① 这里的海伦是海丽娜的爱称。

什么来比拼你的秀眼呢，我的爱人？水晶是太昏暗了。啊，你的嘴唇，那吻人的樱桃，瞧上去是多么成熟，多么诱人！你一举起你那洁白的妙手，被东风吹着的陶洛斯[1]高山上的积雪，就显得像乌鸦那么暗黑了。让我吻一吻那纯白的女王，这幸福的象征吧！

海丽娜 唉，倒霉！该死！我明白你们都在拿我取笑；假如你们是懂得礼貌和有教养的人，一定不会这样侮辱我。我知道你们都讨厌着我，那么就讨厌我好了，为什么还要联合起来讥讽我呢？你们瞧上去都像堂堂男子，如果真是堂堂男子，就不该这样对待一个有身份的妇女：发着誓，赌着咒，过誉着我的好处，但我可以断定你们的心里却在讨厌我。你们两人一同爱着赫米娅，现在转过身来一同把海丽娜嘲笑，真是大丈夫的行为，为着取笑的缘故逼一个可怜的女人流泪！高尚的人绝不会这样轻侮一个闺女，逼到她忍无可忍，只是因为给你们寻寻开心。

拉山德 你太残忍，狄米特律斯，不要这样，因为你爱着赫米娅，这你知道我是十分明白的。现在我用全心和好意把我在赫米娅的爱情中的地位让给你；但你也得把海丽娜让给我，因为我爱她，并且将要爱她到死。

---

① 小亚细亚山脉名。

海丽娜 从来不曾有嘲笑者浪费过这样无聊的口舌。

狄米特律斯 拉山德，保留着你的赫米娅吧，我不要，要是我曾经爱过她，那爱情现在也已经消失了。我的爱不过像过客一样暂时驻留在她的身上，现在它已经回到它的永远的家，海丽娜的身边，再不到别处去了。

拉山德 海丽娜，他的话是假的。

狄米特律斯 不要侮蔑你所不知道的真理，否则你将以生命的危险重重补偿你的过失。瞧！你的爱人来了，那边才是你的爱人。

赫米娅上。

赫米娅 黑夜使眼睛失去它的作用，但却使耳朵的听觉更为灵敏。我的眼睛不能寻到你，拉山德；但多谢我的耳朵，使我能听见你的声音。你为什么那样忍心地离开了我呢？

拉山德 爱情驱着一个人走的时候，为什么他要滞留呢？

赫米娅 哪一种爱情能把拉山德驱开我的身边？

拉山德 拉山德的爱情使他一刻也不能停留，美丽的海丽娜，她照耀着夜空，使一切明亮的繁星黯然无色。为什么你要来寻找我呢？难道这还不能使你知道我因为厌恶你的缘故，才这样离开了你吗？

赫米娅 你说的不是真话，那不会是真的。

海丽娜 瞧！她也是他们的一党。现在我明白了他们三个人一起联合了用这种恶戏欺凌我。欺人的赫米娅！最没有良心的丫头！

你竟然和这种人一同算计着向我开这种卑鄙的玩笑作弄我吗？难道我们两人从前的种种推心置腹，约为姐妹的盟誓，在一起怨恨疾足的时间这样快便把我们拆分的那种时光，啊！都已经忘记了吗？我们在同学时的那种情谊，一切童年的天真，都已经完全在脑后了吗？赫米娅，我们两人曾经像两个精巧的针神，在一起绣着同一朵花，描着同一个图样，我们同坐在一个垫上，齐声地曼吟着同一个歌儿，就像我们的手、我们的身体、我们的声音、我们的思想，都是连在一起不可分的样子。我们这样生长在一起，正如并蒂的樱桃，看似两个，其实却连生在一起；我们是结在同一茎上的两颗可爱的果实，我们的身体虽然分开，我们的心却只有一个。难道你竟把我们从前的友好丢弃不顾，而和男人们联合着嘲弄你的可怜的朋友吗？这种行为太没有朋友的情谊，而且也不合一个少女的身份。不单是我，我们全体女人都可以攻击你，虽然受到委屈的只是我一个。

赫米娅 你这种激愤的话真使我惊奇。我并没有嘲弄你，似乎是你在嘲弄我哩。

海丽娜 你不曾唆使拉山德跟随我，假意称赞我的眼睛和面孔吗？你那另一个爱人，狄米特律斯，不久之前还曾要用他的脚踢开我，你不曾使他称我为女神、仙子，神圣而稀有的、珍贵的、超乎一切的人吗？为什么他要向他所讨厌的人说这种话呢？拉山德的灵魂里是充满了你的爱的，为什么他反而要摈斥你，却要把他的热情奉献给我，倘不是因为你的指使，因为你们曾经预先商量好？即使我不像你那样得人爱怜，那样被人追求不舍，那样好运，而是那样倒霉，因为得不到我所爱的人的爱情，那和你又有什么关系呢？你应该可怜我而不应该侮蔑我的。

赫米娅 我不懂得你说这种话的意思。

海丽娜 好，尽管装腔下去，扮着这一副苦脸，等到我一转背，就要向我做嘴脸了；大家彼此眏眏眼睛，把这个绝妙的玩笑尽管开下去吧，将来会记载在历史上的。假如你们是有同情心，懂得礼貌的，就不该把我当作这样的笑柄。再会吧；一半也是我自己的不好，死别或生离不久便可以补赎我的错误。

拉山德 不要走，温柔的海丽娜！听我解释。我的爱！我的生命！我的灵魂！美丽的海丽娜！

海丽娜 多好听的话！

赫米娅 亲爱的，不要那样嘲笑她。

狄米特律斯 要是她的恳求不能使你不说那种话，我将强迫你闭住你的嘴。

拉山德 她也不能恳求我，你也不能强迫我。你的威胁正和她的软弱的祷告同样没有力量。海伦，我爱你！凭着我的生命起誓，我爱你！谁说我不爱你的，我愿意用我的生命证明他说谎；为了你我是乐意把生命捐弃的。

狄米特律斯 我说我比他更要爱你得多。

拉山德 要是你这样说，那么把剑拔出来证明一下吧。

狄米特律斯 好，快些，来！

赫米娅 拉山德，这一切究竟是怎么一回事呢？

拉山德 走开，你这黑奴！①

狄米特律斯 你可不能骗我而自己逃走；假意说着来来，却在准备趁机溜去。你是个不中用的汉子，去吧！

拉山德 （向赫米娅）放开手，你这猫！你这牛蒡子！②贱东西，放开手！否则我要像撵走一条蛇那样撵走你了。

赫米娅 为什么你变得这样凶暴？究竟是什么缘故呢，爱人？

拉山德 你的爱人！走开，黑鞑子！走开！可厌的毒物，给我滚吧！

赫米娅 你还是在开玩笑吗？

海丽娜 是的，你也是。

拉山德 狄米特律斯，我一定不失信于你。

狄米特律斯 你的话可有些不能算数，因为人家的柔情在牵系住你。我可信不过你的话。

拉山德 什么！难道要我伤害她、打她、杀死她吗？虽然我厌恨她，我还不至于这样残忍。

赫米娅 啊！还有什么事情比你厌恨我更残忍呢？厌恨我！为什么

---

① 原文“You Ethiop!”因赫米娅肤色微黑，故云。第二幕中有“把乌鸦换白鸽”之语，亦此意。海丽娜肤色白皙，故云白鸽也。

② 牛蒡（burdock）所结的子，上有针刺，易攀附人衣。

呢？天哪！究竟是怎么一回事呢，我的好人？难道我不是赫米娅了吗？难道你不是拉山德了吗？我现在生得仍旧跟以前一个样子，就在这一夜里你还曾爱过我，但就在这一夜里你离开了我。那么你真的——唉，天哪！——存心离开我吗？

拉山德 一点儿不错，而且再不要看见你的脸了；因此你可以断了念头，不必疑心，我的话是千真万确的，我厌恨你，我爱海丽娜，一点儿不是开玩笑。

赫米娅 天啊！你这骗子！你这花中的蛀虫！你这爱情的贼！哼！你趁着黑夜，悄悄地把我的爱人的心偷了去吗？

海丽娜 真好！难道你一点儿女人家的羞耻都没有，一点儿不晓得难为情了吗？哼！你一定要引得我破口说出难听的话来吗？哼！哼！你这装腔作势的人！你这给人家愚弄的小玩偶！

赫米娅 小玩偶！噢，原来如此。现在我才明白了她把她的身材跟我比较；她自夸她生得长，用她那身材，那高高的身材，赢得了他的心。因为我生得矮小，所以他便把你看得高不可及了吗？我是怎样一个矮法？你这涂脂抹粉的花棒儿！请你说，我是怎样矮法？矮虽矮，我的指爪还挖得着你的眼珠哩！

海丽娜 先生们，虽然你们都在嘲弄我，但我求你们别让她伤害我。我从来不曾使过性子，我也完全不懂得怎样跟人家闹架儿；我是一个胆小怕事的女子，不要让她打我。也许你们以为她比我生得矮些，我可以打得过她。

赫米娅 生得矮些！听，又来了！

海丽娜 好赫米娅，不要对我这样凶！我一直是爱你的，赫米娅，有什么事总跟你商量，从来不曾对你做过欺心的事；除了这次，为了对于狄米特律斯的爱情的缘故，我把你私奔到这座林中的事告诉了他。他追踪着你；为了爱，我又追踪着他；但他一直是斥骂着我，威吓着说要打我、踢我，甚至于要杀死我。现在你让我悄悄地走了吧；我愿带着我的愚蠢回到雅典去，不再跟着你们了。让我走，你瞧我是多么傻多么痴心！

赫米娅 好，你走就走吧，谁在拦你？

海丽娜 一颗发痴的心，但我把它丢弃在这里了。

赫米娅 噢，给了拉山德了是不是？

海丽娜 不，是狄米特律斯。

拉山德 不要怕，她不会伤害你的，海丽娜。

狄米特律斯 当然不会的，先生；即使你帮着她也不要紧。

海丽娜 啊，她一发起怒来，真是又凶又狠。在学校里她就是出名的母老虎；长得很小的时候，便已是那么凶了。

赫米娅 又是"很小"！老是矮啊小啊的说个不停！为什么你让她这样讥笑我呢？让我跟她拼命去。

拉山德 滚开，你这矮子！你这发育不全的三寸丁！你这小珠子！你这小青豆！

狄米特律斯 她用不着你的帮忙，因此不必那样乱献殷勤。让她去，不许你嘴里再提到海丽娜。要是你再略为向她献媚一下，就请你当心着吧！

拉山德 现在她已经不再拉住我了；你要是有胆子，跟我来吧，我们倒要试试看究竟海丽娜该属于谁。

狄米特律斯 跟你来！嘿，我要和你并着肩走呢。（拉山德、狄米特律斯二人下）

赫米娅 你，小姐，这一切的纷扰都是因为你的缘故。哎，别逃啊！

海丽娜 我怕你，我不敢跟脾气这么大的你在一起。打起架来，你的手比我快得多；但我的腿比你长些，逃起来你追不上我。（下）

赫米娅 我简直莫名其妙，不知道要说些什么话好。（下）

奥布朗 这是你的大意所致；倘不是因为你弄错了，一定是你故意在捣蛋。

迫克 相信我，仙王，是我弄错了，你不是对我说只要认清楚那人穿着雅典人的衣裳？照这样说起来我完全不曾错，因为我是把花汁滴在一个雅典人的眼上。事情会弄到这样我是蛮快活的，因为他们的吵闹看着怪有趣味。

奥布朗 你瞧这两个恋人找地方打架去了。因此，罗宾，快去把夜天遮暗了；你就去用像冥河的水一样黑的浓雾盖住了星空，再引这两个声势汹汹的仇人迷失了路，不要让他们碰在一起。有时你学着拉山德的声音痛骂狄米特律斯，有时学着狄米特律斯的样子斥责拉山德：用这种法子把他们两两分开，直到他们奔波得精疲力竭，死一样的睡眠拖着同样沉重的腿和蝙蝠的翅膀爬上了他们的额上，然后你把这草挤出汁来涂在拉山德的眼睛上，它能够解去一切的错误，使他的眼睛恢复从前的眼光。等他们醒来之后，这一切的戏谑，就会像是一场梦境或是空虚的幻象；这一班恋人们便将回到雅典去，一同走着无穷的人生的路程直到死去。在我差遣你去做这件事的时候，我要去访问我的王后，向她讨那个印度孩子，然后我要解除她眼中所见的怪物的幻觉，一切事情都将和平解决。

迫克 这事我们必须赶早办好，主公，
因为黑夜已经驾起它的飞龙；
晨星，黎明的先驱，已照亮苍穹；
一个个鬼魂四散地奔返殡宫；
还有那横死的幽灵抱恨长终，
道旁水底有他们的白骨成丛，
为怕白昼揭破了丑恶的形容，
早已向重泉归寝相伴着蛆虫；
他们永远照不到日光的融融，
只每夜在暗野里凭吊着凄风。

奥布朗 但你我可完全不能比拼他们；
晨光中我惯和猎人一起游巡，

如同林居人一样踏访着丛林；

即使东方开启了火红的天门，

大海上照耀万道灿烂的光针，

青碧的巨浪化成了一片黄金。

但我们应该早早办好这事情，

最好别把它拖延着直到天明。（下）

迫克 奔到这边来，奔到那边去；

我要领他们，奔来又奔去。

林间和市上，无人不怕我；

我要领他们，走尽林中路。

这儿来了一个。

拉山德重上。

拉山德 你在哪里，骄傲的狄米特律斯？说出来！

迫克 在这儿，恶徒！把你的剑拔出来准备着吧。你在哪里？

拉山德 我立刻就过来。

迫克 那么跟我来吧，到平坦一点儿的地方。（拉山德随声音下）

狄米特律斯重上。

狄米特律斯 拉山德，你再开口啊！你逃走了，你这懦夫！你逃走了吗？说话呀！躲在哪一堆树丛里吗？你躲在哪里呀？

迫克 你这懦夫！你在向星星们夸口，向树林子挑战，但是却不敢过来吗？来，卑怯汉！来，你这小孩子！我要好好抽你一顿。

谁要跟你比剑才真倒霉！

狄米特律斯 呀，你在那边吗？

迫克 跟我的声音来吧，这儿不是适宜我们战斗的地方。（同下）

拉山德重上。

拉山德 他走在我的前头，老是挑拨着我上前；一等我走到他叫喊着的地方，他又早已不在。这个坏蛋比我脚步快得多，我越是追得快，他可逃走得更快，使我在黑暗崎岖的路上绊跌了一次。让我在这儿休息一下吧。（躺下）来吧，你仁心的白昼！只要你一露出你的一线灰白的微光，我就可以看见狄米特律斯而洗雪这次仇恨了。（睡去）

迫克及狄米特律斯重上。

迫克 哈！哈！哈！懦夫！你为什么不来？

狄米特律斯 要是你有胆量的话，等着我吧；我全然明白你跑在我前面，从这儿窜到那儿，不敢站住，也不敢当着我的面，你现在在什么地方？

迫克 过来，我在这儿。

狄米特律斯 哼，你在摆布我。要是天亮了我看见你的面孔，你好好地留点儿神；现在，去你的吧！疲乏逼着我倒在这寒冷的地上，等候着白天的降临。（躺下睡去）

海丽娜重上。

海丽娜 疲乏的夜啊！冗长的夜啊！减少一些你的时辰吧！从东方

出来的安慰，快照耀起来吧！好让我借着晨光回到雅典去，离开这一群人，他们大家都讨厌可怜的我。慈悲的睡眠，有时你闭上了悲伤的眼睛，求你暂时让我忘却了自己的存在吧！（躺下睡去）

迫克 两男加两女，四个无错误；
三个已在此，一人在何处？
哈哈她来了，满脸愁云罩；
爱神真不好，惯惹人烦恼！

赫米娅重上。

赫米娅 从来不曾这样疲乏过，从来不曾这样伤心过！我的身上沾满了露水，我的衣裳为荆棘所抓破；我跑也跑不动，爬也爬不动了；我的两条腿再也不能听从我的心愿。让我在这儿休息一下以待天明。要是他们真要格斗的话，愿天保佑拉山德吧！（躺下睡去）

迫克 梦将残，睡方酣，
神仙药，祛幻觉，
百般迷梦全消却。（挤草汁于拉山德眼上）
醒眼见，旧人脸，
乐满心，情不禁，
从此欢爱复深深。
一句俗语说得好，

各人各有各的宝，

待你醒来就知晓：

哥儿爱姐儿，

两两无参差；

失马复得马，

一场大笑话！（下）

第四幕

第一场　林中　拉山德、狄米特律斯、海丽娜、赫米娅酣睡未醒

提泰妮娅及波顿上，众仙随侍；奥布朗潜随其后。

提泰妮娅　来，坐在这花床上。我要爱抚你可爱的脸颊；我要把麝香玫瑰插在你柔软光滑的头颅上；我要吻你美丽的大耳朵，我的温柔的宝贝！

波顿　豆花呢？

豆花　有。

波顿　替咱把头搔搔，豆花儿。蛛网先生在哪儿？

蛛网　有。

波顿　蛛网先生，好先生，把您的刀拿好，替咱把那蓟草叶尖上的红屁股的野蜂儿杀了；然后，好先生，替咱把蜜囊儿拿来。干那事的时候可别太性急，先生；而且，好先生，当心别把蜜囊

儿给弄破了；要是您在蜜囊里头淹死了，那咱可不很乐意，先生。芥子先生在哪儿？

芥子 有。

波顿 把您的小手儿给我，芥子先生。请您不用多礼了吧，好先生。

芥子 你有什么吩咐？

波顿 没有什么，好先生，只是帮蛛网君替咱搔搔痒。咱一定得理发去，先生，因为咱觉得脸上毛得很，咱是一头感觉非常灵敏的驴子，要是一根毛把咱触痒了，咱就非得搔一下子不可。

提泰妮娅 你要不要听一些音乐，我的好人？

波顿 咱很懂得一点儿音乐。咱们来一下子锣鼓吧。

提泰妮娅 好人，你要吃些什么呢？

波顿 真的，来一堆刍秣吧；您要是有好的干麦秆，也可以给咱大嚼一顿。咱想，咱怪想吃那么一捆干草；好干草，美味的干草，什么也比不上它。

提泰妮娅 我有一个善于冒险的小神仙，可以给你到松鼠的仓里取下些新鲜的榛栗来。

波顿 咱宁可吃一把两把干豌豆。但是谢谢您，吩咐您那些人别惊动咱吧，咱想要睡一个觉。

提泰妮娅 睡吧，我要把你抱在我的臂中。神仙们，往各处散开去吧。（众仙下）菟丝也正是这样温柔地缠附着芬芳的金银花，女萝也正是这样缱绻着榆树的臂枝。啊，我是多么爱你！我是多

么热恋着你！（同睡去）

迫克上。

奥布朗 （上前）欢迎，好罗宾！你见没见这种可爱的情景？我对于她的痴恋开始有点儿不忍了。刚才我在树林后面遇见她正在为这个可憎的蠢货找寻爱情的礼物，我就谴责她，因为那时她把芬芳的鲜花制成花环，环绕着它那毛茸茸的额角；原来在嫩蕊上晶莹饱满，如同东方的明珠一样的露水，如今却含在那一朵朵美艳的小花的眼中，像是盈盈欲泣的眼泪，痛心着它们所受的耻辱。我把她尽情嘲骂一番之后，她低声下气地请求我息怒，于是我便乘机向她索讨那个换儿；她立刻把他给了我，差她的仙侍把他送到了我的寝宫里。现在我已经把这个孩子弄到手了，我将解去她眼中这种可憎的迷惑。好迫克，你去把这雅典村夫头上的变形的头盖揭下，好让他和大家一同醒来的时候，可以回到雅典去，把这晚间一切发生的事，只当作一场梦魇。但是先让我给仙后解去了魔法吧。

（以草触她的眼睛）

回复你原来的本性，

解去你眼前的幻景；

这一朵女贞花采自月姐园庭，

它会使爱情的小卉失去功能。

喂，我的提泰妮娅，醒醒吧，我的好王后！

提泰妮娅 我的奥布朗！我看见了怎样的幻景！好像我爱上了一头驴子啦。

奥布朗 那边就是你的爱人。

提泰妮娅 这一切事情怎么会发生的呢？啊，现在我看见他的样子是多么惹气！

奥布朗 静一会儿。罗宾，把他的头壳揭下了。提泰妮娅，叫他们奏起音乐来吧，让这五个人睡得全然失去了知觉。

提泰妮娅 来，奏起催眠的柔婉乐声！（音乐）

迫克 等你一醒来的时候，蠢汉，用你自己的傻眼睛瞧看。

奥布朗 奏下去，音乐！（音乐渐强）来，我的王后，让我们携手同行，让我们的舞蹈震动这些人睡着的地面。现在我们已经言归于好，明天夜半将要一同到忒修斯公爵的府中跳着庄严的欢舞，祝福他家繁荣昌盛。这两对忠心的恋人也将在那里和忒修斯同时举行婚礼，大家心中充满了喜乐。

迫克 仙王，仙王，留心听，
我听见云雀歌吟。

奥布朗 王后，让我们静静
追随着夜的踪影；
我们环绕着地球，
快过明月的光流。

提泰妮娅 夫君，请你在一路

告诉我一切缘故，

这些人来自何方，

当我熟睡的时光。（同下。幕内号角声）

忒修斯、希波吕忒、伊吉斯及侍从等上。

忒修斯 你们中间谁去把猎奴唤来。我们已把五月节的仪式遵行，现在还不过是清晨，我的爱人应当听一听猎犬的音乐。把它们放在西面的山谷里，快去把猎奴唤来。（一侍从下）美丽的王后，让我们到山顶上去，领略着猎犬们的吠叫和山谷中的回声应和在一起的妙乐吧。

希波吕忒 我曾经同赫拉克勒斯和卡德摩斯一起在克里特林中行猎，[①] 他们用斯巴达的猎犬追赶着巨熊，那种雄壮的吠声我真是第一次听到；除了丛林之外，天空和群山，以及一切附近的区域，似乎混成了一片交互的呐喊。我从来不曾听见过那样谐美的喧声，那样悦耳的雷鸣。

忒修斯 我的猎犬也是斯巴达种，一样的颊肉下垂，一样的黄沙的毛色；它们的头上垂着两片挥拂晨露的耳朵；它们的膝骨是弯曲的，并且像色萨利[②]种的公牛一样喉头长着垂肉。它们在追逐时不很迅速，但它们的吠声彼此高下相应，就像钟声那样合

① 卡德摩斯（Cadmus）是底比斯（Thebes）的创建者。克里特（Crete）为地中海岛名。

② 色萨利（Thessaly），希腊地名。

调。无论在克里特、斯巴达，或是色萨利，都不曾有过这么一队吠得这样好听的猎犬；你听见了之后便可以自己判断。但是且慢！这些都是什么仙女？

伊吉斯 殿下，这儿躺着的是我的女儿；这是拉山德；这是狄米特律斯；这是海丽娜，奈达老人的女儿。我不知道他们怎么都在这儿。

忒修斯 他们一定早起守五月节，因为闻知了我们的意旨，所以赶到这儿来参加我们的典礼。但是，伊吉斯，今天不是赫米娅应该决定她的选择的日子吗？

伊吉斯 是的，殿下。

忒修斯 去，叫猎奴们吹起号角来惊醒他们。（幕内号角及呐喊声，拉山德、狄米特律斯、赫米娅、海丽娜四人惊醒跳起）早安，朋友们！情人节早已过去了，你们这一班林鸟到现在才配起对来吗？①

拉山德 请殿下恕罪！（偕余人并跪下）

忒修斯 请你们站起来吧。我知道你们两人是对头冤家，怎么会变得这样和气，大家睡在一块儿，没有一点儿猜忌了呢？

拉山德 殿下，我现在还是糊里糊涂，不知道应当怎样回答您的问话；但是我敢发誓说我真的不知道怎么会在这儿；但是我

---

① 情人节（St. Valentine's Day）在2月14日，众鸟于是日择偶。

想——我要说老实话，我现在记起来了，一点儿不错，我是和赫米娅一同到这儿来的；我们想要逃出雅典，避过了雅典法律的峻严，我们便可以——

伊吉斯 够了，够了，殿下；话已经说得够了。我要求依法，依法惩办他。他们打算，他们打算逃走，狄米特律斯，他们打算用那种手段欺弄我们，使你的妻子落了空，使我给你的允许也落了空。

狄米特律斯 殿下，海丽娜告诉了我他们的出奔，告诉了我他们到这林中来的目的；我在盛怒之下追踪他们，同时海丽娜因为痴心的缘故也追踪着我。但是，殿下，我不知道一种什么力量——但一定是有一种力量——使我对于赫米娅的爱情会像霜雪一样融解，现在想起来就像一段童年时所爱好的一件玩物的记忆一样；我一切的忠信，一切的心思，一切乐意的眼光，都是属于海丽娜一个人的了。我在没有认识赫米娅之前，殿下，就已经和她订过盟约；但正如一个人在生病的时候一样，我厌弃着这一道珍馐，等到健康恢复，就会恢复了正常的胃口。现在我希求着她，珍爱着她，思慕着她，将要永远忠心于她。

忒修斯 俊美的恋人们，我们相遇得很巧；等会儿我们便可以再听你们把这段话讲下去。伊吉斯，你的意志只好屈服一下了；这两对少年不久便将跟我们一起在庙堂中缔结永久的鸳盟。现在清晨快将过去，我们本来准备的行猎只好中止。跟我们一起到雅典去吧；三三成对地，我们将要大张盛宴。来，希波吕忒。

（忒修斯、希波吕忒、伊吉斯及侍从下）

狄米特律斯　这些事情似乎微细而无从捉摸，好像化为云雾的远山一样。

赫米娅　我觉得好像这些事情我都用昏花的眼睛看着，一切都化作了层叠的两重似的。

海丽娜　我也是这样想。我得到了狄米特律斯，像是得到了颗宝石；好像是我自己的，又好像不是我自己的。

狄米特律斯　你们真能断定我们现在是醒着吗？我觉得我们还是在睡着做梦。你们是不是以为公爵在这儿，叫我们跟他走吗？

赫米娅　是的，我的父亲也在。

海丽娜　还有希波吕忒。

拉山德　他确曾叫我们跟他到庙里去。

狄米特律斯　那么我们真的已经醒了。让我们跟着他走，一路上讲着我们的梦。（同下）

波顿　（醒）轮到咱的尾白的时候，请你们叫咱一声，咱就会答应；咱下面的一句是："最美丽的皮拉摩斯。"喂！喂！彼得·昆斯！弗鲁特，修风箱的！斯诺特，补锅子的！斯塔佛林！悄悄地溜走了，把咱撇下在这儿一个人睡觉吗？咱做了一个奇怪得了不得的梦。没有人说得出那是怎样的一个梦；要是谁想把这个梦解释一下，那他一定是一头驴子。咱好像是没有人说得出那是什么东西；咱好像是——咱好像有——但要是谁敢说出来咱好像有什么东西，那他一定是一个蠢材。咱那个梦啊，人们的眼睛从来没有听到过，人们的耳朵从来没有看见过，人们的手也尝不出来是什么味道，人们的舌头也想不出来是什么道理，人们的心也说不出来究竟那是怎样的一个梦。咱要叫彼得·昆斯给咱写一首歌儿咏一下这个梦，题目就叫作“波顿的梦”；咱要在演完戏之后在公爵大人的面前唱这个歌——或者还是等咱死了之后再唱吧。（下）

第二场　雅典　昆斯的家中

昆斯、弗鲁特、斯诺特、斯塔佛林上。

昆斯　你们差人到波顿家里去过了吗？他还没有回家吗？

斯塔佛林　一点儿消息都没有。他准是给妖精拐了去了。

弗鲁特　要是他不回来，那么咱们的戏就要搁起来啦；它不能再演下去，是不是？

昆斯　那当然演不下去喽，整个雅典城里除了他之外就没有第二个人可以演皮拉摩斯。

弗鲁特　谁也演不了。他在雅典手艺人中间简直是最聪明的一个。

昆斯　对，而且也是顶好的人；他有一副好喉咙，吊起膀子来真是顶呱呱的。

弗鲁特 你说错了，你应当说“吊嗓子”。吊膀子，老天爷！那是一件难为情的事。

斯纳格上。

斯纳格 列位，公爵大人刚从庙里出来，还有两三位贵人和小姐也在同时结了婚。要是咱们的玩意儿能够干下去，咱们大家一定都有好处。

弗鲁特 哎呀，可爱的波顿，好家伙！他从此就不能再拿到六便士一天的恩俸了。他准可以拿到六便士一天的。咱可以赌咒公爵大人见了他扮演皮拉摩斯，一定会赏给他六便士一天的。他应该可以拿到六便士一天的；扮演了皮拉摩斯，应该拿六便士一天，少一个子儿都不行。

波顿上。

波顿 孩儿们在什么地方？心肝们在什么地方？

昆斯 波顿！哎呀，顶好顶好的日子，顶吉利顶吉利的时辰！

波顿 列位，咱要讲古怪事儿给你们听，可不许问咱什么事；要是咱对你们说了，咱不算是真的雅典人。咱要把一切全都告诉你们，一个字也不漏掉。

昆斯 讲给咱们听吧，好波顿。

波顿 关于咱自己的事可一个字也不能告诉你们。咱要报告给你们知道的是，公爵大人已经用过正餐了。把你们的行头收拾起来，胡须上要用坚牢的穿绳，舞靴上要结簇新的缎带；立刻在宫门前集合；各人温熟了自己的台词；总而言之一句话，咱们的戏已经送上去了。无论如何，可得叫提斯柏穿一件干净一点儿的衬衫；还有扮演狮子的那位别把指甲修去，因为那是要露出在外面当作狮子的脚爪的。顶要紧的，列位老板们，别吃洋葱和大蒜，因为咱们可不能把人家熏倒了胃口；咱一定会听见他们说，“这是一出风雅的戏剧。”完了，去吧！去吧！（同下）

第五幕

第一场　雅典　忒修斯宫廷

忒修斯、希波吕忒、菲劳斯特莱特及大臣侍从等上。

希波吕忒　忒修斯，这些恋人们所说的话真是奇怪得很。

忒修斯　奇怪得不像是真实的。我永不相信这种古怪的传说和神仙的游戏。情人们和疯子们都富于纷乱的思想和成形的幻觉，他们所理会到的永远不是冷静的理智所能充分了解的。疯子、情人和诗人，都是空想的产儿：疯子眼中所见的鬼，多过于广大的地狱所能容纳的；情人，同样是那么疯狂，能从埃及人的黑脸上看见海伦[1]的美貌；诗人的眼睛在神奇的狂放的一转中，便能从天上看到地下，从地下看到天上。想象会把不知名的事物用一种方式呈现出来，诗人的笔再使它们具有如实的形象，空

① 这里的海伦指希腊神话里的美人，特洛伊战争即是因她而起。

虚的无物也会有了居处和名字。强烈的想象往往具有这种本领，只要一领略到一些快乐，就会相信那种快乐的背后有一个赐予的人；夜间一转到恐惧的念头，一株灌木一下子便会变成一头熊。

希波吕忒　但他们所说的一夜间全部的经历，以及他们大家心理上都受到同样影响的事实，可以证明那不会是幻想。虽然那故事是怪异而惊人的，却并不令人不能置信。

忒修斯　这一班恋人们高高兴兴地来了。

拉山德、狄米特律斯、赫米娅、海丽娜上。

忒修斯　恭喜，好朋友们！恭喜！愿你们心灵里永远享受着没有荫翳的爱情日子！

拉山德　愿更大的幸福永远追随着殿下的起居！

忒修斯　来，我们应当用什么假面剧或是舞蹈来消磨在尾餐和就寝之间的三个钟头悠长的岁月呢？我们一向掌管戏乐的人在哪里？有哪几种余兴准备着？有没有一出戏剧可以祛除难挨的时辰里按捺不住的焦灼呢？叫菲劳斯特莱特过来。

菲劳斯特莱特　有，伟大的忒修斯。

忒修斯　说，你有些什么可以缩短这黄昏的节目？有些什么假面剧？有些什么音乐？要是一点儿娱乐都没有，我们怎么把这迟迟的时间消度过去呢？

菲劳斯特莱特　这是一张预备好的各种戏目的单子，请殿下自己拣

选哪一项先来。（呈上单子）

忒修斯　“身毒[1]之战，由一个雅典太监和竖琴而唱。”那个我们不要听；我已经告诉过我的爱人这一段表彰我的姻兄赫拉克勒斯武功的故事了。“醉酒者之狂暴，色雷斯歌人惨遭肢裂的始末。”[2]那是老调，当我上次征服底比斯凯旋的时候就已经表演过了。“九缪斯神[3]痛悼学术的沦亡。”那是一段犀利尖刻的讽刺，不适合于婚礼时的表演。“关于年轻的皮拉摩斯及其爱人提斯柏的冗长的短戏，非常悲哀的趣剧。”悲哀的趣剧！冗长的短戏！那简直是说灼热的冰，发烧的雪。这种矛盾怎么能调和起来呢？

菲劳斯特莱特　殿下，一出一共只有十来个字那么长的戏，当然是再短不过了；即使只有十个字，也会嫌太长，叫人看了厌倦；因为在全剧之中，没有一个字是用得恰当的，没有一个演员是支配得恰如其分的。那本戏的确很悲哀，殿下，因为皮拉摩斯在戏里要把自己杀死。那一场我看他们预演的时候，我得承认确曾使我的眼中充满眼泪，但那些泪都是在纵声大笑的时候忍俊不禁而流着的，再没有人流过比那更开心的泪了。

忒修斯　扮演这戏的是些什么人呢？

---

① 身毒（Centaurs）一名乃借译，是希腊神话中一种半人半马的怪物，赫拉克勒斯曾战而胜之。

② 色雷斯（Thrace）歌人指俄耳甫斯（Orpheus），其歌声能感动百兽草木，后被酗酒妇人肢裂而死。

③ 九缪斯神（Nine Muses），即司文学艺术的九女神。

菲劳斯特莱特 都是在这雅典城里做工过活的胼手胝足的汉子。他们从来不曾用过头脑，今番为了准备参加殿下的婚礼，才辛辛苦苦地把这本戏记诵起来。

忒修斯 好，就让我们听一下吧。

菲劳斯特莱特 不，殿下，那是不配烦渎您的耳朵的。我已经听完过他们一次，简直一无足取；除非你嘉纳他们的一片诚心和苦苦背诵的辛勤。

忒修斯 我要把那本戏听一次，因为淳朴和忠诚所呈献的礼物，总是可取的。去把他们带来。各位夫人女士们，大家请坐下。（菲劳斯特莱特下）

希波吕忒 我不欢喜看见微贱的人做他们力量所不及的事，忠诚因为努力的狂妄而变得毫无价值。

忒修斯 啊，亲爱的，你不会看见他们糟到那地步。

希波吕忒 他说他们根本不会演戏。

忒修斯 那更显得我们的宽宏大度，虽然他们的劳力毫无价值，他们仍能得到我们的嘉纳。我们可以把他们的错误作为取笑的资料。我们不必较量他们那可怜的忠诚所不能达到的成就，而该重视他们的辛勤。凡是我所到的地方，那些有学问的人都预先准备好欢迎词迎接我；但是一看见了我，便发抖脸色变白，句子没有说完便中途顿住，话儿梗在喉中，吓得说不出来，结果是一句欢迎我的话都没有说。相信我，亲爱的，从这种无言中我却领受了他们一片欢迎的诚意；在诚惶诚恐的忠诚的畏怯上表示出来的意味，并不少于一条娓娓动听的辩舌。因此，爱人，照我所观察到的，无言的淳朴所表示的情感，才是最丰富的。

菲劳斯特莱特重上。

菲劳斯特莱特 请殿下示意，念开场诗的预备登场了。

忒修斯 让他上来吧。（喇叭奏花腔）

昆斯上，念开场诗。

昆斯 要是咱们，得罪了请原谅。

咱们本来是，一片的好意，

想要显一显。薄薄的伎俩，

那才是咱们原来的本意。

因此列位咱们到这儿来。

为的要让列位欢笑，

否则就是不曾。到这儿来，

如果咱们。惹动列位气恼，

一个个演员，都将，要登场，

你们可以仔细听个端详。①

忒修斯 这家伙简直乱来。

---

① 此段句读完全错误。

拉山德 他念他的开场诗就像骑一匹顽劣的小马一样，乱冲乱撞，该停的地方不停，不该停的地方偏偏停下。殿下，这是一个好教训：单是会讲话不能算数，要讲话总该讲得有个路数。

希波吕忒 真的，他就像一个小孩子学吹笛，呜哩呜哩了一下，可是全不入调。

忒修斯 他的话像是一段纠缠在一起的锁链，并没有毛病，可是全弄乱了。跟着是谁登场呢？

皮拉摩斯及提斯柏、墙、月亮、狮子上。

昆斯 列位大人，也许你们会奇怪这一班人跑出来干吗，不必寻根究底，自然而然地你们总会明白过来。这个人是皮拉摩斯，要是你们想要知道的话；这位美丽的姑娘不用说便是提斯柏啦。这个人身上涂着石灰和黏土，是代表着墙头，那堵隔开这两个情人的坏墙头；他们这两个可怜的人只好在墙缝里低声谈话，这是要请大家明白的。这个人提着灯笼，牵着犬，拿着柴枝，是代表着月亮；因为你们要知道，这两个情人只在月光底下才肯在尼纳斯的坟头聚首谈情。这一头可怕的畜生名叫狮子，那晚上忠实的提斯柏先到约会的地方，给它吓跑了，或者不如说是被它惊走了，她在逃走的时候脱落了她的外套，那件外套因为给那恶狮子咬在它那张血嘴里，所以沾满了血斑。隔了不久，皮拉摩斯，那个高个儿的美少年，也来了，一见他那忠实的提斯柏的外套“死”在地上，便哧嘭嘭的一声拔出一把血淋

提斯柏 你是咱的好人儿，咱想。

皮拉摩斯 尽你想吧，咱是你风流的情郎。

好像里芒德[①]，咱此心永无变更。

提斯柏 咱就像海伦，到死也决不变心。

皮拉摩斯 沙发勒斯对待普洛克勒斯不过如此。[②]

提斯柏 你就是普洛克勒斯，咱就是沙发勒斯。

皮拉摩斯 啊，在这堵万恶的墙缝中请给咱一吻！

提斯柏 咱吻着墙缝，可全然吻不到你的嘴唇。

皮拉摩斯 你肯不肯到宁尼的坟头去跟咱相聚？

提斯柏 活也好，死也好，咱一准立刻动身前去。（二人下）

墙 现在咱已把墙头扮好，

因此咱便要拔脚去了。（下）

忒修斯 现在隔在这两户人家之间的墙头已经倒下了。

狄米特律斯 殿下，墙头要是都像这样随随便便偷听人家的谈话起来，可真无法想象。

希波吕忒 我从来没有听到过比这更蠢的东西。

---

① 里芒德（Limander）是利安德（Leander）之讹，传说中的情人，爱恋少女希罗（Hero），泳过赫勒思滂河（Hellespont）以赴约，卒遭灭顶。下行弗鲁特误以海伦（Helen）为希罗。

② 沙发勒斯（Shafalus）为刻法罗斯（Cephalus）之讹，为黎明女神欧若拉（Aurora）所恋，但彼卒忠于其妻普洛克里斯（Procris），此处误为普洛克勒斯（Procrus）。

忒修斯 最好的戏剧也不过是人生的一个缩影；最坏的只要用想象补足一下，也就不会坏到什么地方去。

希波吕忒 那该是你的想象，而不是他们的想象。

忒修斯 要是我们对于他们的想象并不比他们对于自己的想象更坏，那么他们也可以算得顶好的人。两只好东西登场了，一只是人，一只是狮子。

狮子及月亮重上。

狮子 各位太太小姐们，你们那柔弱的心一见了地板上爬着的一只顶小的老鼠就会害怕，现在看见一头凶暴的狮子发狂地怒吼，多少要发起抖来的吧？但是请你们放心，咱其实是细木工匠斯纳格，既不是凶猛的公狮，也不是一头母狮；要是咱真的是一头狮子而冲到这儿来，那咱才大倒其霉！

忒修斯 一头非常善良的畜生，有一颗好良心。

狄米特律斯 殿下，这是我所看见过的最好的畜生了。

拉山德 这头狮子按勇气说只好算是一只狐狸。

忒修斯 对了，而且按他那小心翼翼的样子说起来倒像是一只鹅，好，别管他吧，让我们听月亮说话。

月亮 这盏灯笼代表着角儿弯弯的新月——

狄米特律斯 他应当把角装在头上。①

① 头上出角是西方讥人作“乌龟”的俗话。

忒修斯 他并不是新月，圆圆的哪里有个角儿？

月亮 这盏灯笼代表着角儿弯弯的新月，咱好像就是月亮里的仙人。

忒修斯 这该是最大的错误了。应该把这个人放进灯笼里去，否则他怎么会是月亮里的仙人呢？

狄米特律斯 他因为怕蜡烛不敢进去。瞧，他恼了。

希波吕忒 这月亮真使我厌倦，他应该变化变化才好！

忒修斯 照他那知觉欠缺的样子看起来，他大概是一个残月；但是为着礼貌和一切的理由，我们得忍耐一下。

拉山德 说下去，月亮。

月亮 总而言之，咱要告诉你们的是，这灯笼便是月亮，咱便是月亮里的仙人；这柴枝是咱的柴枝，这狗是咱的狗。

狄米特律斯 嘿，这些都应该放进灯笼里去才对，因为它们都是在月亮里的。但是静些，提斯柏来了。

提斯柏重上。

提斯柏 这是宁尼老人的坟。咱的好人儿呢？

狮子 （吼）呜——（提斯柏奔下）

狄米特律斯 吼得好，狮子！

忒修斯 奔得好，提斯柏！

希波吕忒 照得好，月亮！真的，月亮照的姿势很好。（狮子撕破提斯柏的外套后下）

忒修斯 撕得好，狮子！

皮拉摩斯重上。

狄米特律斯 于是皮拉摩斯来了。

拉山德 于是狮子不见了。

皮拉摩斯 可爱的月亮，咱多谢你的月光；

谢谢你，因为你照得这么皎洁！

靠着你那慈和的闪烁的金光，

咱将要饱餐着提斯柏的秀色。

但是且住，啊该死！

瞧哇，可怜的武士，

这是一场什么惨景！

眼睛，你看没看见？

这种事怎会出现？

可爱的宝贝啊，亲亲！

你的好外套一件，

怎么全都是血点？

过来吧，狰狞的凶神！

快把生命的羁缠，

从此后一刀割断；

今朝咱了结了残生！

忒修斯 这一种情感再加上一个好朋友的死，很可以使一个人脸带愁容。

希波吕忒 该死！我倒真有点儿可怜这个人。

皮拉摩斯 苍天啊！你为什么要造下狮子，

让它在这里蹂躏了咱的爱人？

她在一切活着爱着的人中，是

一个最美最美最最美的美人。

淋漓地流吧，眼泪！

咱要把宝剑一挥，

当着咱的胸头划破：

一剑刺过了左胸，

叫心儿莫再跳动，

这样咱就死喽死喽！（以剑自刺）

现在咱已经身死，

现在咱已经去世，

咱灵魂儿升到天堂。

太阳，不要再照耀！

月亮，给咱拔脚跑！（月亮下）

咱已一命、一命丧亡。（死）

狄米特律斯 不是双亡，是单亡，因为他是孤零零地死去。

拉山德 他现在死去，不但成不了双，而且成不了单；他已经变成“没有”啦。

忒修斯 要是就去请外科医生来，也许还可以把他医活过来，叫他做一头驴子。

希波吕忒　提斯柏还要回来看见她的爱人，月亮怎么这样性急便去了呢？

忒修斯　她可以在星光底下看见他的，现在她来了。她再痛哭流涕一下子，戏文也就完了。

提斯柏重上。

希波吕忒　我想对于这样一个宝货皮拉摩斯，她可以不必浪费口舌；我希望她说得短一点儿。

狄米特律斯　她跟皮拉摩斯较量起来真是半斤对八两。上帝保佑我们不要嫁到这种男人，也保佑我们不要娶着这种妻子！

拉山德　她那秋波已经看见他了。

狄米特律斯　于是悲声而言曰：——

提斯柏　睡着了吗，好人儿？

啊！死了，咱的鸽子？

皮拉摩斯啊，快醒醒！

说呀！说呀！哑了吗？

唉，死了！一堆黄沙

将要盖住你的美睛。

嘴唇像百合花开，

鼻子像樱桃可爱，

黄花像是你的脸孔，

一齐消失，消失了，

有情人同声哀悼！

他眼睛绿得像青葱。

命运主宰三女神，

快快到我的身边，

伸出玉手似白雪，

鲜血里面泡一泡。

咔嚓声中一剪刀，

剪断生命似琴弦。

舌头，不许再多言！

凭着这一柄好剑，

赶快把咱胸膛刺穿。（以剑自刺）

再会，亲爱的朋友！

提斯柏已经毙命；

再见吧，再见吧，再见！（死）

忒修斯 他们的丧事要让月亮和狮子来料理了吧？

狄米特律斯 是的，还有墙头。

波顿 （跳起）不，咱对你们说，那堵隔开他们两家的墙早已经倒了。你们要不要瞧瞧收场诗，或者听一场咱们两个伙计的贝加莫[1]舞？

① 贝加莫（Bergamo）为意大利米兰（Milan）东北地名，以产小丑著名。

忒修斯 请把收场诗免了吧，因为你们的戏剧无须再有什么解释；扮戏的人一个个死了，我们还能责怪谁不成？真的，要是写那本戏的人自己来扮皮拉摩斯，把他自己吊死在提斯柏的袜带上，那倒真是一出绝妙的悲剧。你们这次实在演得很不错。现在把你们的收场诗搁在一旁，还是跳起你们的贝加莫舞来吧。（跳舞）夜钟已经敲过了十二点；恋人们，睡觉去吧，现在已经差不多是神仙们游戏的时间了。我担心我们明天早晨会起不来，因为今天晚上睡得太迟，这出粗劣的戏剧却使我们不觉得时间已过去。好朋友们，去睡吧。我们要用半月工夫把这喜庆延续，夜夜有不同的寻欢作乐。（众下）

第二场　同前景

迫克上。

迫克 饿狮在高声咆哮；
豺狼在向月长嗥；
农夫们鼾息沉沉，
完毕一天的辛勤。
火把还留着残红，
鸱鸮叫得人胆战，
传进愁人的耳中，

仿佛见殓衾飘扬。

现在夜已经深深，

坟墓都咧开大口，

吐出了百千幽灵，

荒野里四散奔走。

我们跟着赫卡忒[1]，

离开了阳光赫奕，

像一场梦境幽凄，

追随黑暗的踪迹。

且把这空屋打扫，

供大家一场欢闹；

驱走扰人的小鼠，

还得揩干净门户。

奥布朗、提泰妮娅及侍从等上。

奥布朗 屋中消沉的火星

微微地尚在闪耀；

跳跃着每个精灵

像花枝上的小鸟；

随我唱一支曲调，

① 赫卡忒（Hecate）为下界的女神，原文作“triple Hecate”，其像有时为三个身体三个头，有时为一个身体三个头，相背而立。

一齐轻轻地舞蹈。

提泰妮娅 先要把歌儿练熟，

每个字玉润珠圆；

然后齐声唱祝福，

手携手缥缈回旋。（歌舞）

奥布朗 趁东方没有发白，

让我们满屋溜达；

先去看一看新床，

祝福它吉利祯祥。

这三对新婚伉俪，

愿他们永无离贰；

生下来小小儿郎，

一个个相貌堂堂；

不生黑痣不缺唇，

更没有半点儿瘢痕。

凡是不祥的胎记，

不会在身上发现。

用这神圣的野露，

你们去浇洒门户，

祝福屋子的主人，

永享着福禄康宁。

快快去，莫犹豫；

天明时我们重聚。（除迫克外皆下）

迫克 （向观众）

要是我们这班影子

有拂了诸位的尊意，

就请你们这样思量，

一切便可得到补偿；

这种种幻景的显现，

不过是梦中的妄念；

这一段无聊的情节，

真同诞梦一样无力。

先生们，请不要见笑！

倘蒙原宥，定当补报，

万一我们幸而免脱

这一遭嘘嘘的指斥，

我们绝不忘记大恩，

迫克生平不会骗人。

再会了！肯赏个脸儿的话，

就请拍两下手，多谢多谢！（下）

奥赛罗

AOSAILUO

剧中人物

威尼斯公爵	
勃拉班修	元老，苔丝狄蒙娜之父
葛莱西安诺	勃拉班修之弟
罗多维科	勃拉班修的亲戚
奥赛罗	摩尔人，供职威尼斯军界
凯西奥	奥赛罗的副将，光明正大的军人
伊阿古	奥赛罗的旗官，恶棍
罗德利哥	被愚弄的绅士
蒙太诺	塞浦路斯总督，奥赛罗的前任
小丑	奥赛罗的仆人
苔丝狄蒙娜	勃拉班修之女，奥赛罗之妻
爱米利娅	伊阿古之妻
比恩卡	妓女

塞浦路斯诸绅士、水手、军官、传令官、使者、侍从等

地 点

威尼斯及塞浦路斯一海港

第 一 幕

第一场　威尼斯。街道

罗德利哥及伊阿古上。

罗德利哥　嘿！别对我说，伊阿古。我把我的钱袋交给你支配，让你随意花用，你却做了他们的同谋，这太不够朋友啦。

伊阿古　你总不肯听我说下去。要是我会做梦想到这种事情，你不要把我当作人。

罗德利哥　你告诉我你对他一向怀恨的。

伊阿古　要是我不恨他，你从此别理我。这城里的三个当道要人亲自向他打招呼，举荐我做他的副将；凭良心说，我知道我自己的价值，难道我就做不得一个副将？可是他眼睛里只有自己没有别人，对于他们的请求，都用一套充满了军事上口头禅的空话回绝了；因为，他说，“我已经选定我的将佐了。”他选中的是个什么人呢？哼，一个算学大家，一个叫作迈克尔·凯西奥的佛罗伦萨人，一个几乎因为娶了娇妻而误了终身的家伙；他从来不曾在战场上领过一队兵，对于布阵作战的知识，简直不比一个老守空闺的女人知道得更多；即使懂得一些书本上的理论，那些身穿宽袍的元老大人们讲起来也会比他更头头是道。只有空谈，毫无实际，这就是他的全部的军人资格。可是，老兄，他居然得到了任命；我在罗得斯岛、塞浦路斯岛以及其他基督徒和异教徒的国土上立过多少军功，都是他亲眼看见的，现在却必须低首下心，受一个市侩的指挥。这位掌柜居然做起他的副将来，而我呢——上帝恕我这样说——却只在这位黑将军的麾下充一名旗官。

罗德利哥　天哪，我多想做他的刽子手啊！

伊阿古　这也是没有办法呀。说来也叫人恼恨，军队里的升迁可以全然不管古来的定法，按照各人的阶级依次递补，只要谁的路子活，能够得到上官的欢心，就可以越级擢升。现在，老兄，请你替我评一评，我为什么得要跟这摩尔人好。

罗德利哥　假如是我，我就不愿跟随他。

伊阿古　啊，老兄，你放心吧；我之所以跟随他，不过是要利用他达到我自己的目的。我们不能每个人都是主人，每个主人也不是都有忠心的仆人。有一辈天生的奴才，他们卑躬屈膝，拼命讨主人的好，甘心受主人的鞭策，像一头驴子似的，为了一些粮草而出卖他们的一生，等到年纪老了，主人就把他们撵走；

这种老实的奴才是应该抽一顿鞭子的。还有一种人，他们表面上尽管装出一副鞠躬如也的样子，骨子里却是为他们自己打算；看上去好像替主人做事，实际却靠着主人发展自己的势力，一旦捞够油水，才知道这种人其实是唯我独尊。这种人还有几分头脑，我自认为自己也属于这一类。因为，老兄，正像你是罗德利哥，不是别人一样，我要是做了那摩尔人，我就不会是伊阿古。虽说跟随他，其实还是跟随自己。上天是我的公证人，我这样对他赔着小心，既不是为了感情，又不是为了义务，只是为了自己的利益，才戴上这一副假脸。要是我的表面的行动，果然出于内心的自然流露，那么不久我就要掬出我的心来，让乌鸦们乱啄了。世人所知道的我，并不是实在的我。

罗德利哥 要是那厚嘴唇的家伙也有这么一手，那可真让他交上大运了！

伊阿古 叫起她的父亲来；不要放过他，打断他的兴致，在各处街道上宣布他的罪恶；激怒她的亲族；让他虽然住在气候宜人的地方，也免不了受蚊蝇的滋扰，虽然享用着盛大的欢乐，也免不了受烦恼的缠绕。

罗德利哥 这儿就是她父亲的家，我要高声叫喊。

伊阿古 很好，你嚷起来吧，就像在一座人口众多的城里，因为晚间失慎而起火烧起来的时候，人们用那种惊骇惶恐的声音呼喊一样。

罗德利哥 喂，喂，勃拉班修！勃拉班修先生，喂！

伊阿古 醒来！喂，喂！勃拉班修！捉贼！捉贼！捉贼！留心你的屋子，你的女儿，和你的钱袋！捉贼！捉贼！

勃拉班修自上方窗口上。

勃拉班修 大惊小怪的，叫些什么呀？出了什么事？

罗德利哥 先生，您家里的人没有缺少吗？

伊阿古 您的门都锁上了吗？

勃拉班修 咦，你们为什么这样问我？

伊阿古 哼！先生，有人偷了您东西啦，还不赶快披上您的袍子！您的心碎了，您的灵魂已经丢掉半个；就在这时候，就在这一刻，一头老黑羊在跟您的白母羊交尾哩。起来，起来！打钟惊醒那些鼾睡的市民，否则魔鬼要让您抱孙子啦。喂，起来！

勃拉班修 什么！你发疯了吗？

罗德利哥 老先生，您认识我的声音吗？

勃拉班修 我不认识，你是谁？

罗德利哥 我的名字是罗德利哥。

勃拉班修 讨厌！我叫你不要在我的门前走动；我已经老老实实明明白白对你说，我的女儿是不能嫁给你的。现在你吃饱了饭，喝醉了酒，疯疯癫癫，不怀好意，又要来扰乱我的安静了。

罗德利哥 先生，先生，先生！

勃拉班修 可是你必须明白，我不是一个好说话的人，要是你惹我性起，凭着我的地位，只要略微拿出一点儿力量来，你就要叫苦不迭了。

罗德利哥 好先生，不要生气。

勃拉班修 说什么有贼没有贼？这儿是威尼斯，我的屋子不是一座独家的田庄。

罗德利哥 最尊严的勃拉班修，我是一片诚心来通知您。

伊阿古 嘿，先生，您也是那种因为魔鬼叫他敬奉上帝而把上帝丢在一旁的人。您把我们当作了坏人，所以把我们的好心看成了恶意，宁愿让您的女儿给一头黑马骑了，替您生下一些马子马孙，攀一些马亲马眷。

勃拉班修 你是个什么混账东西，敢这样胡说八道？

伊阿古 先生，我是一个特意来告诉您一个消息的人，令爱正在跟那摩尔人干那件禽兽一样的勾当哩。

勃拉班修 你是个浑蛋！

伊阿古 您是一位——元老呢。

勃拉班修 你留点儿神吧，罗德利哥，我认识你。

罗德利哥 先生，我愿意负一切责任，可是请您允许我说一句话。要是令爱因为得到您的明智的同意，所以才会在这样更深人静的午夜，让一个公爵的奴才、一个下贱的船夫，把她载到一个贪淫的摩尔人的粗野的怀抱里——要是您对于这件事情不但知道，而且默许——照我看来，您至少已经给她一部分的同意——那么我们的确太放肆太冒昧了；可是假如您果然没有知道这件事，那么从礼貌上说起来，您也不应该对我们恶声相向。难道我会这样一点儿不懂规矩，敢来戏侮像您这样一位年尊的长者吗？我再说一句，要是令爱没有得到您的许可，就把她的责任、美貌、智慧和财产，全部委弃在一个到处为家、漂泊流浪的异邦人的身上，那么她的确已经干下了一件重大的逆行了。您可以立刻去调查一个明白，要是她好好在她的房间里或是在您的屋子里，那么是我欺骗了您，您可以按照国法惩办我。

勃拉班修 喂，点起火来！给我一支蜡烛！把我的仆人全都叫起来！这件事情很像我的噩梦，它的极大的可能性已经重压在我的心头了。喂，拿火来！拿火来！（自上方下）

伊阿古 再会，我要少陪了，要是我不去，我就不得不与这摩尔人当面对质，那不但不大相宜，而且在我的地位上也很多不便；因为我知道无论他将要因此受到什么谴责，政府方面不可能不冒任何风险就把他解职，他就要出发指挥那正在进行中的塞浦路斯战事了，他是再合适不过的人选，因为没有第二个人有像他那样的才能可以担当这一个重任。所以虽然我恨他像恨地狱里的刑罚一样，可是为了事实上的必要，我不得不和他假意周旋，那也不过是表面上的敷衍而已。你等他们出来找人的时候，只要领他们到马人旅社去，一定可以找到他；我会在那边

跟他在一起。再见。（下）

勃拉班修率众仆持火炬上。

勃拉班修 真有这样的祸事！她去了；只有悲哀怨恨伴着我这衰朽的余年！罗德利哥，你在什么地方看见她的？——啊，不幸的孩子！——你说跟那摩尔人在一起吗？——谁还愿意做一个父亲！——你怎么知道是她？——唉，想不到她会这样欺骗我！——她对你怎么说？——再拿些蜡烛来！唤醒我的所有的亲族！——你想他们有没有结婚？

罗德利哥 说老实话，我想他们已经结了婚啦。

勃拉班修 天哪！她怎么出去的？啊，血肉的叛逆！做父亲的人啊，从此以后，你们千万留心你们女儿的行动，不要信任她们的心思。世上有没有一种引诱青年少女失去贞操的魔术？罗德利哥，你有没有在书上读到过这一类的事情？

罗德利哥 是的，先生，我的确读到过。

勃拉班修 叫起我的兄弟来！唉，我后悔不让你娶了她去！你们快去给我分头找寻！你知道我们可以在什么地方把她跟那摩尔人一起捉到？

罗德利哥 我想我可以找到他的踪迹，要是您愿意多派几个得力的人手跟着我前去。

勃拉班修 请你带路。我要到每一家人家去搜寻；大部分的人家都在我的势力之下。喂，多带一些武器！叫起几个巡夜的警吏！

去，好罗德利哥，我一定重谢你的辛苦。（同下）

第二场　另一街道

奥赛罗、伊阿古及侍从等持火炬上。

伊阿古　虽然我在战场上杀过不少的人，可是总觉得有意杀人是违反良心的；缺少作恶的本能，往往使我不能做我所要做的事。好多次我想要把我的剑从他的肋骨下面刺进去。

奥赛罗　还是随他说去吧。

伊阿古　可是他唠哩唠叨地说了许多破坏您的名誉的难听话，虽然像我这样一个荒唐的家伙，也实在忍不住我的怒气。可是请问主帅，你们有没有完成婚礼？您要注意，这位元老是很得人心的，他的潜势力比公爵还要大上一倍；他会拆散你们的姻缘，尽量运用法律的力量来给您种种压制和迫害。

奥赛罗　随他怎样发泄他的愤恨吧；我对贵族们所立的功劳，就可以驳倒他的控诉。世人还没有知道——要是夸口是一件荣耀的事，我就要到处宣布——我是高贵的祖先的后裔，我有充分的资格，享受我目前所得到的值得骄傲的幸运。告诉你吧，伊阿古，倘不是我真心爱恋温柔的苔丝狄蒙娜，即使给我大海中所有的珍宝，我也不愿意放弃我的无拘无束的自由生活，来俯就家室的羁缚的。可是瞧！那边举着火把而来的是些什么人？

凯西奥及若干吏役持火炬上。

伊阿古 她的父亲带着他的亲友来找您了，您还是进去躲一躲吧。

奥赛罗 不，我要让他们看见我，我的地位和我的清白的人格可以替我表明一切。是不是他们?

伊阿古 两面神在上，我想不是。

奥赛罗 原来是公爵手下的人，还有我的副将。晚安，各位朋友!有什么消息?

凯西奥 主帅，公爵向您致意，请您立刻就过去。

奥赛罗 你知道是为了什么事?

凯西奥 照我猜想起来，大概是塞浦路斯方面的事情，看样子很是紧急。就在这一个晚上，战船上已经连续派了十二个使者赶来告急；许多元老都从睡梦中叫了起来，在公爵府里集合了。他们正在到处找您，因为您不在家里，所以元老院派了三队人出来分头寻访。

奥赛罗 幸而你找到了我。让我到这儿屋子里去说一句话，就来跟你同去。（下）

凯西奥 旗官，他到这儿来有什么事?

伊阿古 不瞒你说，他今天夜里登上了一艘陆地上的大船，要是能够证明那是一件合法的战利品，他可以从此成家立业了。

凯西奥 我不懂你的话。

伊阿古 他结了婚啦。

凯西奥 跟谁结婚？

奥赛罗重上。

伊阿古 呃，跟——来，主帅，我们去吧。

奥赛罗 好，我跟你走。

凯西奥 又有一队人来找您了。

伊阿古 那是勃拉班修。主帅，请您留心点儿，他来是不怀好意的。

勃拉班修、罗德利哥及吏役等持火炬武器上。

奥赛罗 喂！站住！

罗德利哥 先生，这就是那摩尔人。

勃拉班修 杀死他，这贼！（两方拔剑）

伊阿古 你，罗德利哥！来，我们来比个高下。

奥赛罗 收起你们明晃晃的剑，它们沾了露水会生锈的。老先生，像您这么年高德劭的人，有什么话不可以命令我们，何必动起武来呢？

勃拉班修 啊，你这恶贼你把我的女儿藏到什么地方去了？你不想想你自己是个什么东西，胆敢用妖法蛊惑她。我们只要凭着情理判断，像她这样一个年轻貌美娇生惯养的姑娘，多少我们国里有财有势的俊秀子弟她都看不上眼，倘不是中了魔，怎么会不怕人家的笑话，背着尊亲投奔到你这个丑恶的黑鬼的怀里？——吓都吓死她了，还有何乐趣！世人可以替我评一评，是不是显而易见你用邪恶的符咒欺诱她的娇弱的心灵，用药饵丹方迷惑她的知觉；我要叫他们评论评论，这种事情是不是很可能的。所以我现在逮捕你：妨害风化，行使邪术，便是你的罪名。抓住他；要是他敢反抗，你们就用武力制服他。

奥赛罗 帮助我的，反对我的，大家放下你们的手！我要是想打架，我自己会知道应该在什么时候动手。您要我到什么地方去答复您的控诉？

勃拉班修 到监牢里去，等法庭上传唤你的时候你再开口。

奥赛罗 要是我听从您的话去了，那么怎样答复公爵呢？他的使者就在我的身边，因为有紧急的公事，等候着带我去见他。

吏役 真的，大人，公爵正在举行会议，我相信他已经派人请您去了。

勃拉班修 怎么！公爵在举行会议！在这样夜深的时候！把他带去。我的事情也不是一件等闲小事；公爵和我的同僚们听见了这个消息，一定会感到这种侮辱简直就像加在他们自己身上一般。要是这样的行为可以置之不问，奴隶和异教徒都要来主持我们的国政了。（同下）

第三场　议事厅

公爵及众元老围桌而坐。议事厅内掌灯，吏役等随侍。

公爵 这些消息彼此分歧，令人难于置信。

元老甲 它们真是参差不一。我的信上说是共有船只一百零七艘。

公爵 我的信上说是一百四十艘。

元老乙 我的信上又说是二百艘。可是它们所报的数目虽然个个不同，因为根据估计所得的结果，难免多少有些出入，不过它们都证实确有一支土耳其舰队在向塞浦路斯进发。

公爵 嗯，这种事情推想起来很有可能；即使消息不尽正确，大体上总是有根据的，我们倒不能不担着几分心事。

水手 （在内）喂！喂！喂！有人吗？

吏役 一个从船上来的使者。

一水手上。

公爵 什么事？

水手 安哲鲁大人叫我来此禀告殿下，土耳其人调集舰队，正在向罗得斯岛进发。

公爵 你们对于这一个变动有什么意见？

元老甲 照常识判断起来，这是不会有的事；它无非是转移我们目标的一种诡计。我们只要想一想塞浦路斯对于土耳其人的重要性远在罗得斯岛以上，而且攻击塞浦路斯，也比攻击罗得斯岛容易得多，因为它的防务比较空虚，不像罗得斯岛那样戒备严密。我们只要想到这一点，就可以断定土耳其人绝不会那样愚笨，甘心舍本逐末，避轻就重，进行一场无益的冒险的。

公爵 嗯，他们的目标绝不是罗得斯岛，这是可以断定的。

吏役 又有消息来了。

一使者上。

使者 向罗得斯岛前进的土耳其人，已经和后来的另外一支舰队会合了。

元老甲 嗯，果然符合我的预料。照你猜想起来，一共有多少船只？

使者 三十艘模样，它们现在已经回过头来，显然是要开向塞浦路斯去的。蒙太诺大人，您的忠实英勇的仆人，叫我来向您报告这一个消息。

公爵 那么一定是到塞浦路斯去的了。玛克斯·勒西科斯不在威尼斯吗？

元老甲 他现在到佛罗伦萨去了。

公爵 替我写一封十万火急的信去给他。

元老甲 勃拉班修和那勇敢的摩尔人来了。

勃拉班修、奥赛罗、伊阿古、罗德利哥、吏役等上。

公爵 英勇的奥赛罗，我们必须立刻派你出去向我们的公敌土耳其人作战。（向勃拉班修）我没有看见你，欢迎，先生，我们今晚正在需要你的见教和帮助呢。

勃拉班修 我也同样需要您的指教和帮助。殿下，请您原谅，我并不是因为职责所在，也不是因为听到了什么国家大事而从床上惊起；国家的安危不能引起我的注意，因为我的个人的悲哀是那么压倒一切，把其余的忧虑一起吞没了。

公爵 啊，为了什么事?

勃拉班修 我的女儿！啊，我的女儿！

公爵、众元老 死了吗?

勃拉班修 嗯，她对于我是死了。她已经被人污辱，人家把她从我的地方拐走，用江湖骗子的符咒药物引诱她堕落；因为一个没有残疾、眼睛明亮、理智健全的人，倘不是中了魔法的蛊惑，绝不会犯下这样荒唐的错误来的。

公爵 用这种邪恶的手段引诱你的女儿，使她丧失自己的本性，使你丧失了她的，无论他是什么人，你都可以根据无情的法律，照你自己的解释给他应得的严刑；即使他是我的儿子，你也可以照样控诉他。

勃拉班修 感谢殿下。罪人就在这儿，就是这个摩尔人；好像是您有重要的公事而召他来的。

公爵、众元老 那我们真是抱憾得很。

公爵 （向奥赛罗）你自己对于这件事有什么话要分辩?

勃拉班修 没有，事情就是这样。

奥赛罗 威严无比，德高望重的各位大人，我的尊贵贤良的主人们，我把这位老人家的女儿带走了，这是完全真实的；我已经和她结了婚，这也是真的：我的最大的罪状仅止于此，别的就不是我所知道的了。我的言语是粗鲁的，一点儿不懂得那些温文尔雅的辞令；因为自从我这双手臂长了七年的膂力以后，直到最近这九个月时间在无所事事中蹉跎过去以前，它们一直都在战场上发挥它们的本领；对于这一个广大的世界，我除了冲锋陷阵以外，几乎一无所知，所以我也不能用什么动人的字句替我自己辩护。可是你们要是愿意耐心听我说下去，我可以向你们讲述一段质朴无文的关于我的恋爱的全部经过的故事；告诉你们我用什么药物、什么符咒、什么驱神役鬼的手段、什么神奇玄妙的魔法，骗到了他的女儿，因为这是他所控诉我的罪名。

勃拉班修 一个素来胆小的女孩子，她的生性是那么幽娴贞静，甚至于心里略为动了一点儿感情，就会满脸羞愧；像她这样的品质，像她这样的年龄，竟会不顾国族的畛域，把名誉和一切作为牺牲，去跟一个她瞧着都害怕的人发生恋爱！假如有人竟会宣称，像她这样好的姑娘会做出这样有悖常理的事，这个人的头脑定是出了毛病。所以一定要细细查究，看到底用了什么诡计才会发生这样的事情。我断定他一定曾经用烈性的药饵或是邪术炼成的毒剂麻醉她的血液。

公爵 没有更确实显明的证据，单单凭着这些表面上的猜测和莫须有的武断，是不能使人信服的。

元老甲 奥赛罗，你说，你有没有用不正当的诡计诱惑这一位年轻的女郎，或是用强暴的手段逼迫她服从你；还是正大光明地对她心心相照，达到你的求爱的目的？

奥赛罗 请你们差一个人到马人旅馆把这位小姐接来，让她当着她的父亲的面告诉你们我是怎样一个人。要是你们根据她的报告，认为我是有罪的，你们不但可以撤销你们对我的信任，解除你们给我的职权，并且可以把我判处死刑。

公爵 去把苔丝狄蒙娜带来。（二三侍从下）

奥赛罗 旗官，你领他们去；你知道她在什么地方。（伊阿古下）当她没有到来以前，我要像对天忏悔我的血肉的罪恶一样，把我怎样得到这位美人的爱情和她怎样得到我的爱情的经过情形，忠实地向各位陈诉。

公爵 说吧，奥赛罗。

奥赛罗 她的父亲很看重我，常常请我到他家里，每次谈话的时候，总是问起我的历史，要我一年一年地讲述我所经历的各次战争、围城和意外的遭遇。我就把我的一生事实，从我的童年时代起，直到他叫我讲述的那一刻为止，原原本本地说了出来。我说起最可怕的灾祸、海上陆上惊人的奇遇、间不容发的脱险、在傲慢的敌人手中被俘为奴和遇赎脱身的经过，以及旅途中的种种见闻：那些广大的岩窟、荒凉的沙漠、突兀的崖嶂、巍峨的峰岭，还有彼此相食的野蛮部落和肩下生头的化外异民，都是我的谈话的题目。苔丝狄蒙娜对于这种故事，总是出神倾听；有时为了家庭中的事务，她不能不离座而起，可是她总是尽力把事情赶紧办好，再回来孜孜不倦地把我所讲的每一个字都听了进去。我注意到她这种情形，有一天在一个适当的时间，从她的嘴里逗出了她的真诚的心愿：她希望我能够把我的一生经历，对她做一次详细的复述，因为她平日所听到的，只是一鳞半爪、残缺不全的片断。我答应了她的要求。当我讲到我在少年时代所遭逢的不幸打击的时候，她往往忍不住掉下泪来。我的故事讲完以后，她用无数的叹息酬劳我。她发誓说，那是非常奇异而悲惨的；她希望她没有听到这段故事，可是又希望上天为她造下这样一个男子。她向我道谢，对我说，要是我有一个朋友爱上了她，我只要教他怎样讲述我的故事，就可以得到她的爱情。我听了这一个暗示，才向她吐露我的求婚的诚意。她为了我所经历的种种磨难而爱我，我为了她对我所抱的同情而爱她：这就是我的唯一的妖术。她来了，让她为我证明吧。

苔丝狄蒙娜、伊阿古及侍从等上。

公爵　像这样的故事，我想我的女儿听了也会着迷的。勃拉班修，木已成舟，不必懊恼了。刀剑虽破，比起手无寸铁来，总是略胜一筹。

勃拉班修　请殿下听她说；要是她承认她本来也有爱慕他的意思，而我还要归咎于他，那就让我遭受天打雷轰。过来，好姑娘，你看这在座的济济众人之间，谁是你所最应该服从的？

苔丝狄蒙娜　我的尊贵的父亲，我在这里所看到的，是我的分歧的义务：对您说起来，我深荷您的生养教育的大恩，您给我的教养使我明白我应该怎样敬重您；您是我的家长和严君，我直到现在都是您的女儿。可是这儿是我的丈夫，正像我的母亲对您恪尽一个妻子的义务，把您看得比她的父亲更重一样，我也应该有权利向这位摩尔人、我的夫主，尽我应尽的名分。

勃拉班修 上帝和你同在！我没有话说了。殿下，请您继续处理国家的要务吧。我宁愿抚养一个义子，也不愿自己生男育女。过来，摩尔人。我现在用我的全副诚心，把她给了你；倘不是你早已得到了她，我再也不会让她到你手里。为了你的缘故，宝贝，我很高兴我没有别的儿女，否则你的私奔将要使我变成一个虐待儿女的暴君，给他们手脚加上镣铐。我没有话说了，殿下。

公爵 让我为你设身处地说几句话给你听听，也许可以帮助这一对恋人，使他们能够得到你的欢心。

眼看希望幻灭，噩运临头，
无可挽回，何必满腹牢愁？
为了既成的灾祸而痛苦，
徒然招惹出更多的灾祸。
既不能和命运争强斗胜，
还是付之一笑，安心耐忍。
聪明人遭盗窃毫不介意；
痛哭流涕反而伤害自己。

勃拉班修　让敌人夺去我们的海岛，

我们同样可以付之一笑。

那感激法官仁慈的囚犯，

他可以忘却刑罚的苦难；

倘然他怨恨那判决太重，

他就要忍受加倍的惨痛。

种种譬解虽能给人慰藉，

它们也会格外添人悲戚；

可是空言毕竟无补实际，

几曾有好听话送进心底？

请殿下继续进行原来的公事吧。

公爵　土耳其人正在向塞浦路斯岛大举进犯，奥赛罗，那岛上的实力你是知道得十分清楚的；虽然我们派在那边代理总督职务的是一个公认为很有能力的人，可是大家的意思，都觉得由你去负责镇守，才可以万无一失；所以少不得只好打扰你的新婚的快乐，辛苦你去赶这一趟了。

奥赛罗　各位尊贵的元老们，习惯的暴力已经使我把冷酷无情的战场当作我的温软的眠床，对于艰难困苦，我总是挺身而赴。我愿意接受你们的命令，去和土耳其人作战；可是我要请求你们给我的妻子一个适当的安置，按照她的身份，供给她一切日常的需要。

公爵　你要是同意的话，可以让她住在她父亲的家里。

勃拉班修　我不愿意容留她。

奥赛罗　我也不能同意。

苔丝狄蒙娜　我也不愿住在父亲的家里，让他每天看见我生气。最仁慈的公爵，愿您俯听我的陈请，让我的卑微的衷忱得到您的谅解和赞许。

公爵　你有什么请求，苔丝狄蒙娜？

苔丝狄蒙娜　我的大胆的行动可以代我向世人宣告，我因为爱这摩尔人，所以愿意和他过共同的生活。我的心灵完全为他的高贵的德行所征服，在他崇高的精神里，我看见他奇伟的仪表。我已经把我的灵魂和命运一起呈献给他了。所以，各位大人，要是他一个人迢迢出征，把我遗留在和平的后方，像醉生梦死的蜉蝣一样，我将要因为不能朝夕侍奉他，而在镂心刻骨的离情别绪中度日如年了。让我跟随他去吧。

奥赛罗　请你们允许了她吧。上天为我做证，我向你们这样请求，并不是为了满足我自己的欲望，因为青春的热情在我已成过去了；我的唯一的动机，只是不忍使她失望。请你们千万不要抱着那样的思想，以为她跟我在一起，会使我懈怠了你们所付托给我的重大的使命。不，要是插翅的爱神的风流解数，可以蒙蔽了我的灵明的理智，使我因为贪恋欢娱而误了正事，那么让主妇们把我的战盔当作水罐，让一切的污名都丛集于我的一身吧！

公爵 她的去留行止，可以由你们自己去决定。事情很是紧急，你必须立刻出发。

元老甲 今天晚上你就得动身。

奥赛罗 很好。

公爵 明天早上九点钟，我们还要在这儿聚会一次。奥赛罗，请你留下一个将佐在这儿，你的委任状由他转交给你；要是我们随后还有什么决定，可以叫他把我们的训令传达给你。

奥赛罗 殿下，我的旗官是一个很适当的人物，他的为人是忠实而可靠的；我还要请他负责护送我的妻子，要是此外再有什么必须寄给我的物件，也请殿下一起交给他。

公爵 很好。各位晚安！（向勃拉班修）尊贵的先生，倘若以才德取人，不凭容貌，你这位贤东床难道比不上翩翩年少？

元老甲 再会，勇敢的摩尔人！好好看顾苔丝狄蒙娜。

勃拉班修 留心看好她，摩尔人，不要视而不见；她已经愚弄她的父亲，她也会把你欺骗。（公爵、众元老、吏役等同下）

奥赛罗 我用生命保证她的忠诚！正直的伊阿古，我必须把我的苔丝狄蒙娜托付给你，请你叫你的妻子当心照料她；看什么时候有方便，就烦你护送她们启程。来，苔丝狄蒙娜，我只有一个小时的工夫和你诉述衷情、料理庶事了。我们必须服从环境的支配。（奥赛罗、苔丝狄蒙娜同下）

罗德利哥　伊阿古！

伊阿古　你怎么说，好人儿？

罗德利哥　你想我该怎么办？

伊阿古　上床睡觉去吧。

罗德利哥　我立刻就去投水去。

伊阿古　好，要是你投了水，我从此不欢喜你了。嘿，你这傻大少爷！

罗德利哥　活着要是这样受苦，傻瓜才愿意活下去；一死可以了却烦恼，还是死了的好。

伊阿古　啊，该死！我在这世上也经历过四七二十八个年头了，自从我能够辨别利害以来，我从来不曾看见过什么人知道怎样爱惜他自己。要是我也会为了爱上一个雌儿的缘故而投水自杀，我宁愿变成一只猴子。

罗德利哥　我该怎么办？我承认这样痴心是一件丢脸的事，可是我没有力量把它补救过来呀。

伊阿古　力量！废话！我们要这样那样，只有靠我们自己。我们的身体就像一座园圃，我们的意志是这园圃里的园丁；不论我们插荨麻、种莴苣、栽下牛膝草、拔起百里香，或者单独培植一种草木，或者把全园种得万卉纷披，让它荒废不治也好，把它辛勤耕垦也好，那力量来自我们的意志。要是在我们的生命之中，理智和情欲不能保持平衡，我们血肉的邪心就会引导我们到一个荒唐的结局；可是我们有的是理智，可以冲淡我们汹涌的热情、肉体的刺激和奔放的淫欲。我认为你所称为爱情的，也不过是那样一种东西。

罗德利哥 不，那不是。

伊阿古 那不过是在意志的默许之下一阵情欲的冲动而已。算了，做一个汉子。投水自杀！捉几头大猫小狗投在水里吧！我曾经声明我是你的朋友，我承认我对你的友谊是用不可摧折的坚韧的缆索联结起来的；现在正是我应该为你出力的时候。把银钱放在你的钱袋里，跟他们出征去；装上一脸假胡子，遮住你的本来面目；我说，把银钱放在你的钱袋里。苔丝狄蒙娜爱那摩尔人绝不会长久——把银钱放在你的钱袋里——他也不会长久爱她。她一开始就把他爱得这样热烈，他们感情的破裂一定也是很突然的；你只要把银钱放在你的钱袋里。这些摩尔人很容易变心——把你的钱袋装满了钱——现在他吃起来像蝗虫一样好胃口的食物，不久便要变得像苦苹果一样涩口了。她必须换一个年轻的男子；当她餍足了他的肉体以后，她就会觉悟她的选择的错误。她必须换换口味，她必须；所以把银钱放在你的钱袋里。要是你一定要寻死，也得想一个比投水巧妙一点儿的死法。尽你的力量搜括一些钱。要是凭着我的计谋和魔鬼们的奸诈，破坏这一个鲁莽的蛮子和这一个狡猾的威尼斯女人之间的脆弱的盟誓，还不算是一件难事，那么你一定可以享受她；

所以快去设法弄些钱来吧。投水自杀！什么话！那根本就不用提。你宁可因为追求你的快乐而被人吊死，总不要在没有一亲她的香泽以前投水自杀。

罗德利哥 要是我期待着这样的结果，你一定会尽力帮助我达到我的愿望吗？

伊阿古 你可以完全信任我。去，弄一些钱来。我常常对你说，一次一次反复告诉你，我恨那摩尔人；我的怨毒蓄积在心头，你也对他抱着同样深刻的仇恨，让我们同心合力向他复仇。要是你能够给他戴上一顶绿头巾，你果然是如愿以偿，我也可以拍掌称快。无数人事的变化孕育在时间的胚胎里，我们等着看吧。去，预备好你的钱。我们明天再谈这件事情。再见。

罗德利哥 明天早上我们在什么地方会面？

伊阿古 就在我的寓所里吧。

罗德利哥 我一早就来看你。

伊阿古 好，再会。你听见吗，罗德利哥？

罗德利哥 你说什么？

伊阿古 别再提起投水的话儿了，你听见没有？

罗德利哥 我已经变了一个人了。

伊阿古 好，再会，多放一些钱在你的钱袋里。

罗德利哥 我要去把我的田地一起变卖。（下）

伊阿古 我总是这样让这种傻瓜掏出钱来给我花用；因为倘不是为

了替自己解解闷气，打算占些便宜，那我浪费了时间跟这样一个呆子周旋，那才对不起我的人生阅历呢。我恨那摩尔人，有人说他和我的妻子私通，我不知道这句话是真是假；可是在这种事情上，即使不过是嫌疑，我也要把它当作实有其事一样看待。他对我很有好感，这样可以使我对他实行我的计策的时候格外方便一些。凯西奥是一个俊美的男子；让我想想看：夺到他的位置，实现我的一举两得的阴谋；怎么办？怎么办？让我看：等过了一些时候，在奥赛罗的耳边捏造一些鬼话，说他跟他的妻子看上去太亲热了；他长得漂亮，性情又温和，天生一种媚惑妇人的魔力，像他这种人是很容易引起疑心的。那摩尔人是一个坦白爽直的人，他看见人家在表面上装出一副忠厚诚实的样子，就以为一定是个好人；我可以把他像一头驴子一般牵着鼻子跑。有了！我的计策已经产生。地狱和黑夜酝酿就这空前的罪恶，它必须向世界显露它的面目。（下）

第二幕

第一场　塞浦路斯岛海港一市镇。码头附近的广场

蒙太诺及二军官上。

蒙太诺　你从那海岬上望出去，看见海里有什么船只没有？

军官甲　一点儿望不见。波浪很高，在天海之间，我看不见一片船帆。

蒙太诺　风在陆地上吹得也很厉害，从来不曾有这么大的暴风打击过我们的雉堞。要是它在海上也是这么猖狂，哪一艘橡树造成的船身支持得住山一样的巨涛迎头倒下？这场风暴会给我们带来什么消息呢？

军官乙　土耳其舰队一定被风浪冲散了。你只要站在白沫飞溅的海岸上，就可以看见咆哮的汹涛高击云霄，被狂风卷起的怒浪奔腾山立，好像要把海水浇向光明的大熊星上，熄灭那照耀北极的永古不移的斗宿一样。我从来没有见过这样可怕的惊涛骇浪。

蒙太诺 要是土耳其舰队没有避进港里，它们一定沉没了；这样的风浪是抵御不了的。

另一军官上。

军官丙 报告消息！小伙子们！咱们的战事已经结束了。土耳其人遭受这场暴风浪的突击，不得不放弃他们进攻的计划。一艘从威尼斯来的大船，一路上看见他们的船只或沉或破，大部分零落不堪。

蒙太诺 啊！这是真的吗？

军官丙 大船已经在这儿进港，是艘维洛那造的船。迈克尔·凯西奥，那勇武的摩尔人奥赛罗的副将，已经上岸来了；那摩尔人自己还在海上，他是奉到全权委任，到塞浦路斯来的。

蒙太诺 我很高兴，这是一位很有才能的总督。

军官丙 可是这个凯西奥说起土耳其的损失，虽然兴高采烈，同时他却满脸愁容，祈祷着那摩尔人的安全，因为他们是在险恶的大风浪中彼此失散的。

蒙太诺 但愿他平安无恙。我曾经在他手下做过事，知道他在治军用兵这方面的确是一个大将之才。来，让我们到海边去！一方面看看新近到来的船舶，一方面把我们的眼睛遥望到海天相接的远处，盼候着勇敢的奥赛罗。

军官丙 来，我们去吧；因为每一分钟都会有更多的人到来。

凯西奥上。

凯西奥 谢谢，你们这座英勇的岛上的各位壮士，因为你们这样褒奖这位摩尔人。啊！但愿上天帮助他战胜风浪，因为我是在险恶的波涛之中和他失散的。

蒙太诺 他的船靠得住吗？

凯西奥 船身很是坚固，舵师是一个很有经验的人，所以我还抱着很大的希望。（内呼声：“一条船！一条船！一条船！”）

一使者上。

凯西奥 什么声音？

使者 全城的人都出来了，海边上站满了人，他们在嚷，“一条船！一条船！”

凯西奥 我希望那就是我们新任的总督。（炮声）

军官乙 他们在放礼炮了；即使不是总督，至少也是我们的朋友。

凯西奥 先生，请你去看一看，回来告诉我们究竟是什么人来了。

军官乙 我就去。（下）

蒙太诺 副将，你们主帅有没有结过婚？

凯西奥 他的婚姻是再幸福不过的。他娶到了一位女郎，她的美貌才德，胜过一切的形容和崇高的名誉；笔墨的赞美不能穷极她的好处，没有一句适当的言语可以充分表达她的天赋的优美。

军官乙重上。

凯西奥 啊！谁到来了？

军官乙 是元帅麾下的一名旗官，叫伊阿古。

凯西奥　他倒一帆风顺地到了。汹涌的怒涛、咆哮的狂风、埋伏在海底的礁石沙碛，似乎也懂得爱惜美人，收敛了它们凶恶的本性，让神圣的苔丝狄蒙娜安然通过。

蒙太诺　她是谁？

凯西奥　就是我刚才所说起的，我们大帅的主帅。勇敢的伊阿古护送她到这儿来，想不到他们路上走得这么快，比我们的预期还早了七天。伟大的乔武啊，保佑奥赛罗，吹一口你的大力的气息在他的船帆上，让他的高大的桅樯在这儿海港里显现它的雄姿，让他跳动着一颗恋人的心投进苔丝狄蒙娜的怀里，重新燃起我们奄奄欲绝的精神，使整个塞浦路斯充满兴奋！

苔丝狄蒙娜、爱米利娅、伊阿古、罗德利哥及侍从等上。

凯西奥　啊！瞧，船上的珍宝到岸上来了。塞浦路斯人啊，向她下跪吧。祝福你，夫人！愿神灵在你前后左右周遭呵护你！

苔丝狄蒙娜　谢谢您，英勇的凯西奥。您知道我的丈夫有什么消息吗？

凯西奥　他还没有到来；我只知道他是平安的，大概不久就会到来。

苔丝狄蒙娜　啊！可是我怕——你们怎么会分散的？

凯西奥　天风和海水的猛烈的激战，使我们彼此相失。（内呼声："一条船！一条船！"炮声）听！有船来了。

军官乙　他们向我们城上放礼炮了；到来的也是我们的朋友。

凯西奥　你去探看探看。（军官乙下）旗官，欢迎！（向爱米利娅）

欢迎，嫂子！请不要恼怒，好伊阿古，我总得有个礼貌，按我的教养，就得来这么一个放肆的见面礼。（吻爱米利娅）

伊阿古 老兄，要是她向你掀动她的嘴唇，也像她向我掀动她的舌头一样，那你就要叫苦不迭了。

苔丝狄蒙娜 唉！她又不会多嘴。

伊阿古 真的，她太会多嘴了；每次我想睡觉的时候，总是被她吵得不得安宁。不过，在您夫人的面前，我还要说一句，她有些话是放在心里说的，人家瞧她不开口，她却在心里骂人。

爱米利娅 你没有理由这样冤枉我。

伊阿古 得啦，得啦，你们跑出门像图画，走进房像响铃，到了灶下像野猫；设计害人的时候，面子上装得像个圣徒，人家冒犯了你们，你们便活像夜叉；叫你们管家，你们只会一味胡闹，一上床却又忙碌得像个主妇。

苔丝狄蒙娜 啊，啐！你这乱讲乱说的家伙！

伊阿古 我说的话儿千真万确，

你们起来游戏，上床工作。

爱米利娅 我再也不要你写赞美我的诗句。

伊阿古 对，可别叫我写。

苔丝狄蒙娜 要是叫你赞美我，你要怎么写法呢？

伊阿古 啊，好夫人，别叫我做这件事，因为我的脾气是要吹毛求疵的。

苔丝狄蒙娜 来，试试看。有人到港口去了吗？

伊阿古 是，夫人。

苔丝狄蒙娜 我虽然心里愁闷，姑且强作欢容。来，你怎么赞美我？

伊阿古 我正在想着呢；可是我的诗情粘在我的脑壳里，用力一挤就会把脑浆一起挤出的。我的诗神难产了。好了，生下来了：

她要是既漂亮又智慧，
就不会误用她的娇美。

苔丝狄蒙娜 赞美得好！要是她虽黑丑而聪明呢？

伊阿古 要是她虽黑丑却聪明，
包她配上一位俊郎君。

苔丝狄蒙娜 不成话。

爱米利娅 要是美貌而愚笨呢？

伊阿古 美女人绝不是笨冬瓜，
蠢杀也会抱个小娃娃。

苔丝狄蒙娜 这些都是在酒店里骗傻瓜们笑笑的古老的歪诗。还有一种又丑又笨的女人，你也能够勉强赞美她两句吗？

伊阿古 别看她心肠笨相貌丑，
聪明漂亮女人的戏法一样拿手。

苔丝狄蒙娜 啊，岂有此理！你把最好的赞美给了最坏的女人。可你又怎样赞美一位真正值得赞美的女人呢？一位品质优异、连十足的恶棍都不得不称赞的女人呢？

伊阿古　她生得水灵，却不骄傲；

口齿伶俐，却不吵闹；

从不缺钱，却不妖娆；

心想事成，却啥都不要；

受了恶气，本可出气，

自己却先消了不平之气；

明白事理，端庄稳重，

吃着鳕鱼头，不思鲑鱼尾；

脑筋转得快，嘴巴却闭得牢；

有人尾随，头也不回。

要是真有这样的女娇娃——

苔丝狄蒙娜　要她干啥？

伊阿古　奶傻孩子，记油盐账。

苔丝狄蒙娜　啊，这结尾真是太差劲、太没劲了！爱米利娅，不要听他的胡言乱语，虽说他是你的丈夫。你说呢，凯西奥，他是不是一个满嘴胡说八道的家伙？

凯西奥　他很直爽，夫人。您要是把他当作一个军人，不把他当作一个文士，您就不会嫌他出言粗俗了。

伊阿古　（*旁白*）他捏着她的手心。嗯，交头接耳，好得很。我只要张起这么一个小小的网，就可以捉住像凯西奥这样一头大苍蝇。嗯，对她微笑，很好；我要叫你跌翻在你自己的礼貌中间。——您说得对，正是正是。——要是这种鬼殷勤会葬送你的前程，你还是不要老是吻着你的三个指头，表示你的绅士风度吧。很好，吻得不错！绝妙的礼貌！正是正是，又把你的手指放到你的嘴唇上去了吗？（喇叭声）是那摩尔人来了！我听得出他的喇叭声音。

凯西奥 真的是他。

苔丝狄蒙娜 让我们去迎接他。

凯西奥 瞧！他来了。

奥赛罗及侍从等上。

奥赛罗 啊，我娇美的战士！

苔丝狄蒙娜 我亲爱的奥赛罗！

奥赛罗 看见你比我先到这里，真使我又惊又喜。啊，我的心爱的人！要是每一次暴风雨之后，都有这样和煦的阳光，那么尽管让狂风肆意地吹，把死亡都吹醒了吧！让那辛苦挣扎的船舶爬上一座座如山的高浪，就像从高高的天上堕下幽深的地狱一般一泻千丈地跌落下来吧！要是我现在死去，那才是最幸福的；因为我怕我的灵魂已经尝到了无上的欢乐，此生此世，再也不会有同样令人欣喜的事情了。

苔丝狄蒙娜 但愿上天眷顾，让我们的爱情和欢乐与日俱增！

奥赛罗 阿门，慈悲的神明！我不能充分说出我心头的快乐；太多的欢喜窒住了我的呼吸。一个吻，再一个吻，这就是两根心弦

间能奏响的最嘈杂的声音。（*两人接吻*）

伊阿古　（*旁白*）啊，你们现在是琴瑟调和，看我不动声色，叫你们弦断柱裂走了音。

奥赛罗　来，让我们到城堡里去。好消息，朋友们，我们的战事已经结束，土耳其人全都溺死了。我的岛上的旧友，您好？爱人，你在塞浦路斯将要受到众人的宠爱，我觉得他们都是非常热情的。啊，亲爱的，我自己太高兴了，所以会说出这样忘形的话来。好伊阿古，请你到港口去一趟，把我的箱子搬到岸上。带那船长到城堡里来；他是一个很好的家伙，他的才能非常叫人钦佩。来，苔丝狄蒙娜。（*除伊阿古和罗德利哥外，均下*）

伊阿古　你马上就到港口来会我。过来。人家说，爱情可以刺激懦夫，使他鼓起本来所没有的勇气；要是你果然有胆量，请听我说。副将今晚在卫舍守夜。第一我必须告诉你，苔丝狄蒙娜是直接跟他发生恋爱的。

罗德利哥　跟他发生恋爱！那是不会有的事。

伊阿古　闭住你的嘴，好好听我说。你看她当初不过因为这摩尔人向她吹了些牛皮，撒下一些漫天的大谎，她就爱得他多么热烈；难道她会继续爱他，只是为了他的吹牛的本领吗？你是个聪明人，不要以为世上会有这样的事。她的视觉必须得到满足；她能够从魔鬼脸上感到什么佳趣？情欲在一阵兴奋过了以后而渐生厌倦的时候，必须换一换新鲜的口味，方才可以把它重新刺激起来：或者是容貌的漂亮，或者是年龄的相称，或者是举止的风雅，这些都是这摩尔人所欠缺的。她因为在这些必要条件上种种不能满足，一定会觉得她的青春娇艳所托非人，而开始对这摩尔人由失望而憎恨，由憎恨而厌恶，她的天性就会迫令她再作第二次的选择。这种情形是很自然而可能的；要是承认了这一点，试问哪一个人比凯西奥更有享受这一种福分的便利？一个很会讲话的家伙，为了达到他的秘密的淫邪的欲望，他会恬不为意地装出一副殷勤文雅的外表。哼，谁也比不上他；一个狡猾阴险的家伙，惯会趁机取利，无孔不入；一个鬼一样的家伙！而且，这家伙又漂亮，又年轻，凡是可以使无知妇女醉心的条件，他无一不备。一个十足害人的家伙。这女人已经把他勾上了。

罗德利哥　我不能相信，她是一位圣洁的女郎。

伊阿古　圣洁！她喝的酒也是用葡萄酿成的；她要是圣洁，她就不会爱这摩尔人了。哼，圣洁！你不看见她捏弄他的手心吗？你不看见吗？

罗德利哥　是的，我看见的；可是那不过是礼貌罢了。

伊阿古　我举手为誓，这明明是奸淫！这一段意味深长的楔子，就包括无限淫情欲念的交流。他们的嘴唇那么贴近，他们的呼吸简直互相拥抱了。该死的思想，罗德利哥！这种表面上的亲热一开了端，主要的好戏就会跟着上场，肉体的结合是必然的结论。呸！可是，老兄，你听我说。我特意把你从威尼斯带来，今晚你代我值班守夜。凯西奥是不认识你的；我就在离你不远的地方看着你。你见了凯西奥就找一些借口向他挑衅，或者高声辱骂，或者毁谤他的军誉，或者随你的意思见机行事。

罗德利哥 好。

伊阿古 他是个性情暴躁、易于发怒的人，也许会向你动武；即使他不动武，你也要激他和你打起架来；因为借着这一个理由，我就可以在塞浦路斯人中间煽起一场暴动，假如要平息他们的愤怒，除了把凯西奥解职以外没有其他的方法。这样你就可以在我的设计协助之下，早日达到你的愿望，你的阻碍也可以从此除去，否则我们的事情是决无成功之望的。

罗德利哥 我愿意这样干，要是我能够找到下手的机会。

伊阿古 那我可以向你保证。等会儿在城堡见我。我现在必须去替他把应用物件搬上岸来。再会。

罗德利哥 再会。（下）

伊阿古 凯西奥爱她，这一点我是可以充分相信的；她爱凯西奥，这也是一件很自然而可能的事。这摩尔人我虽然气他不过，却有一副坚定仁爱正直的性格；我相信他会对苔丝狄蒙娜做一个最多情的丈夫。讲到我自己，我也是爱她的，并不完全出于情欲的冲动——虽然也许我也犯着这样的罪名——可是一半是为要报复我的仇恨，因为我疑心这好色的摩尔人跨上了我的鞍子。这一种思想像毒药一样腐蚀我的肝肠，什么都不能使我心满意足，除非在他身上发泄这一口怨气。他夺去我的人，我也叫他有了妻子享受不成；即使不能做到这一点，我也要叫这摩尔人心里长起根深蒂固的嫉妒来，没有一种理智的药饵可以把它治疗。为了达到这一个目的，我已经利用这威尼斯的蠢货做我的鹰犬；要是他果然听我的唆使，我就可以抓住我们那位迈克尔·凯西奥的把柄，在这摩尔人面前诽谤他，因为我疑心凯西奥跟我的妻子也是有些暧昧的。这样我可以让这摩尔人感谢我，喜欢我，报答我，因为我叫他做了一头大大的驴子，用诡计捣乱他的平和安宁，使他因气愤而发疯。方针已经决定，前途未可预料；阴谋的面目待到下手后才会揭晓。（下）

第二场　街　道

传令官持告示上；民众随后。

传令官　我们尊贵英勇的元帅奥赛罗有令，根据最近接到的消息，土耳其舰队已经全军覆没，全体军民听到这一个捷音，理应同表庆祝：跳舞的跳舞，燃放焰火的燃放焰火，每一个人都可以随他自己的高兴尽情欢乐；因为除了这些可喜的消息以外，我们同时还要祝贺我们元帅的新婚。帅府中一切门禁完全撤除，从下午五时起，直到深夜十一时，无论何人，可以自由出入，

饮酒宴乐。上天祝福塞浦路斯岛和我们尊贵的元帅奥赛罗！（同下）

第三场　城堡中的厅堂

奥赛罗、苔丝狄蒙娜、凯西奥及侍从等上。

奥赛罗　好迈克尔，今天请你留心戒备。我们必须随时谨慎，免得因为纵乐无度而肇成意外。

凯西奥　我已经吩咐伊阿古怎样办了，我自己也要亲自督察照看。

奥赛罗　伊阿古是个忠实可靠的汉子。迈克尔，晚安，明天你一早就来见我。（向苔丝狄蒙娜）来，我的爱人，我们已经把彼此心身互相交换，愿今后花开结果，恩情美满。晚安！（奥赛罗、苔丝狄蒙娜及侍从等下）

伊阿古上。

凯西奥　欢迎，伊阿古，我们该守夜去了。

伊阿古　时候还早哪，副将，现在还不到十点钟。咱们主帅因为舍不得他的新夫人，所以这么早就打发我们出去；可是我们也怪不得他，他还没有跟她真个销魂，而她这个人，任是天神见了她也要动心的。

凯西奥　她是一位人间无比的佳人。

伊阿古　我可以担保她也是一个非常风流的人儿。

凯西奥 她的确是一个娇艳可爱的女郎。

伊阿古 她长着一双多么好的眼睛，简直能摄人魂魄。

凯西奥 一双动人的眼睛，可是却有一种端庄贞静的神气。

伊阿古 她说话的时候，不就是爱情的警报吗？

凯西奥 她真是十全十美。

伊阿古 好，愿他们被窝里快乐！来，副将，我还有一瓶酒；外面有两个塞浦路斯的绅士，要想为黑将军祝饮一杯。

凯西奥 今夜可不能奉陪了，好伊阿古。我一喝了酒，头脑就会糊涂起来。我希望有人能够发明在宾客欢会的时候，用另外一种方法招待他们。

伊阿古 啊，他们都是我们的朋友，喝一杯吧，我也可以代你喝。

凯西奥 我今晚只喝了一杯，就是那一杯也被我偷偷儿冲了些水，可是我的头已经有点儿昏啦。我知道自己的弱点，实在不敢再多喝了。

伊阿古 哎哟，朋友！这是一个狂欢的良夜，不要扫了那些绅士们的兴致。

凯西奥 他们在什么地方？

伊阿古 就在这门外，请你去叫他们进来吧。

凯西奥 我去就去，可是我心里是不愿意的。（下）

伊阿古 他今晚已经喝过了一些酒，我只要再灌他一杯下去，他就会像小狗一样到处招惹是非。我们那位为情憔悴的傻瓜罗德利哥，今晚为了苔丝狄蒙娜也喝了几大杯的酒，我已经派他守夜了。还有三个心性高傲、重视荣誉的塞浦路斯少年，都是这座尚武的岛上的优秀人物，我也把他们灌得酩酊大醉；他们今晚也是要守夜的。在这一群醉汉中间，我要叫我们这位凯西奥干出一些可以激起这岛上公愤的事来。可是他们来了。

凯西奥率蒙太诺及军官等重上；众仆持酒后随。

凯西奥 上帝可以做证，他们已经灌了我一满杯啦。

蒙太诺 真的，只是小小的一杯，顶多也不过一品脱的分量。我是一个军人，从来不会说谎的。

伊阿古 喂，酒来！（唱）

一瓶一瓶复一瓶，
饮酒击瓶叮当鸣。
我为军人岂无情，
人命倏忽如烟云，
聊持杯酒遣浮生。

孩儿们，酒来！

凯西奥 好一支歌儿！

伊阿古 这一支歌是我在英国学来的。英国人的酒量才厉害呢，什么丹麦人、德国人、大肚子的荷兰人——酒来！——比起英国人来都不算得什么。

凯西奥 你那英国人果然这样善于喝酒吗？

伊阿古 嘿，他会不动声色地把丹麦人灌得烂醉如泥，面不流汗把德国人灌得不省人事，还没有倒满下一杯，那荷兰人已经呕吐狼藉了。

凯西奥 祝我们的主帅健康！

蒙太诺 赞成，副将，您喝我也喝。

伊阿古 啊，可爱的英格兰！（唱）

斯蒂芬是个好国王，
做条新裤一克朗；
非说裁缝黑心肠，
多收工钱六便士。
老爷英名四方扬，
瞧你是个啥模样。
骄奢误国你知不知，
赶快拾起你的旧衣裳。

喂，酒来！

凯西奥 老天在上，这首歌可比刚才一首更要好听。

伊阿古 那就再听一遍？

凯西奥 不了，因为照我看，像他这样身份的人做出这样的事，太没样子了。好，上帝在我们头上，有的灵魂必须得救，有的灵魂就不能得救。

伊阿古 对了，副将。

凯西奥 讲到我自己——我并没有冒犯我们主帅或是无论哪一位大人物的意思——我是希望能够得救的。

伊阿古 我也这样希望，副将。

凯西奥 嗯，可是，对不起，你不能比我先得救；副将得救了，然后才是旗官得救。咱们别提这种话啦，还是去干我们的事吧。上帝赦免我们的罪恶！各位先生，我们不要忘了我们的事情。不要以为我是醉了，各位先生。这是我的旗官；这是我的右手，这是我的左手。我现在并没有醉；我站得很稳，我说话也很清楚。

众人 非常清楚。

凯西奥 那么很好，你们可不要以为我醉了。（下）

蒙太诺 各位朋友，来，我们到露台上守望去。（众绅士随凯西奥下）

伊阿古 你们看见刚才出去的这一个人：讲到指挥三军的才能，他可以和恺撒争一日之雄；可是你们瞧他这一种酗酒的样子，正好和他的长处相抵销。我真为他可惜！我怕奥赛罗对他如此信任，也许有一天会被他误了大事，使全岛大受震动的。

蒙太诺 可是他常常是这样的吗？

伊阿古 他喝醉了酒总是要睡觉；要是没有酒替他催眠，他可以一昼夜打起精神不睡。

蒙太诺 这种情形应该向元帅提起。也许他没有觉察，也许他秉性仁恕，因为看重凯西奥的才能而忽略了他的短处。这句话对不对？

罗德利哥上。

伊阿古 （向罗德利哥旁白）怎么，罗德利哥！你快追到那副将后面去吧。去！（罗德利哥下）

蒙太诺 这高贵的摩尔人竟会让一个染上这种恶癖的人做他的辅佐，真是一件令人抱憾的事。谁能够老实对他这样说，才是一个正直的汉子。

伊阿古 即使把这一座大好的岛送给我，我也不愿意说。我很爱凯西奥，要是有办法，我愿意尽力帮助他除去这一种恶癖。（内呼声：“救命！救命！”）可是听！什么声音？

凯西奥驱罗德利哥重上。

凯西奥 浑蛋！狗贼！

蒙太诺 什么事，副将？

凯西奥 一个浑蛋也敢教训起我来！我要把这浑蛋打进一只酒瓶里去。

罗德利哥 打我！

凯西奥 你还要利嘴吗，狗贼？（打罗德利哥）

蒙太诺 （拉凯西奥）别，副将，请您住手。

凯西奥 放开我，先生，否则我要一拳打到你的头上来了。

蒙太诺 得啦得啦，你醉了。

凯西奥 醉了！（与蒙太诺斗）

伊阿古 （向罗德利哥旁白）快走！到外边去高声嚷叫，说是出了乱子啦。（罗德利哥下）不，副将！天哪，各位先生！喂，来人！副将！蒙太诺！帮帮忙，各位朋友！这算是守的什么夜呀！（钟鸣）谁在那儿打钟？该死！全市的人都要起来了。天哪！副将，住手！你的脸要从此丢尽啦。

奥赛罗及侍从等重上。

奥赛罗 这儿出了什么事情？

蒙太诺 我的血流个不停。我受了重伤啦，这家伙死定了。（再次冲向凯西奥）

奥赛罗 要活命的快住手！

伊阿古 喂，住手，副将！蒙太诺！各位先生！你们忘记你们的地位和责任了吗？住手！主帅在对你们说话，还不住手！

奥赛罗 怎么，怎么！为什么闹起来的？难道我们都变成土耳其人了吗？上天不许异教徒攻打我们，我们倒要同室操戈吗？为了基督徒的面子，停止这场粗暴的争吵；谁要是一味怄气，再敢动一动，他就是看轻他自己的灵魂，他一举手我就叫他死。叫他们不要打那可怕的钟，它会扰乱岛上的人心。各位，究竟是怎么一回事？正直的伊阿古，瞧你懊恼得脸色惨淡，告诉我，谁开始这场争闹？凭着你的忠心，老实对我说。

伊阿古 我不知道。刚才还是好好的朋友，像正在宽衣解带的新夫妇一般相亲相爱，一下子就好像受到什么星光的刺激，迷失了他们的本性似的，大家拔出剑来，向彼此的胸前直刺过去，拼个你死我活了。我说不出这场任性的争吵是怎么开始的；只怪我这双腿不曾在光荣的战阵上失去，那么我也不会踏进这种是非中间了！

奥赛罗 迈克尔，你怎么会这样忘记你自己的身份？

凯西奥 请您原谅我，我没有话可说。

奥赛罗 尊贵的蒙太诺，您一向是个温文知礼的人，您的少年端重为举世所钦佩，在贤人君子之间，您有很好的名声；为什么您会这样自贬身价，牺牲您的宝贵的名誉，让人家说您是个在深更半夜里酗酒闹事的家伙？给我一个回答。

蒙太诺 尊贵的奥赛罗，我伤得很厉害，不能多说话；您的贵部下伊阿古可以告诉您我所知道的一切。其实我也不知道我在今夜说错了什么话或是做错了什么事，除非在暴力侵凌的时候，自卫是一桩罪恶。

奥赛罗 苍天在上，我现在可再也遏制不住我的怒气了。我只要动一动，或是举一举这只手臂，就可以叫你们中间最有本领的人在我的一怒之下丧失了生命。让我知道这一场可耻的骚扰是怎么开始的，谁是最初肇起事端来的人。要是证实了哪一个人是启衅的罪魁，即使他是我的孪生兄弟，我也不能放过他。什么！一个新遭战乱的城市，秩序还没有恢复，人民的心里充满了恐惧，你们却在深更半夜，在全岛治安所系赖的所在为了私人间的细故争吵起来！岂有此理！伊阿古，谁是肇事的人？

蒙太诺 你要是意存偏袒，或是同僚相护，所说的话和事实不尽符合，你就不是个军人。

伊阿古 不要这样逼我，我宁愿割下自己的舌头，也不愿让它说迈克尔·凯西奥的坏话；可是事已如此，我想说老实话也不算对不起他。是这样的，主帅，蒙太诺跟我正在谈话，忽然跑进一个人来高呼救命，后面跟着凯西奥，杀气腾腾地提了剑，好像一定要杀死他才甘心似的；那时候这位先生就挺身前去拦住凯西奥，请他息怒；我自己追赶那个叫喊的人，因为恐怕他在外边大惊小怪，扰乱人心，可是他跑得快，我追不上，又听见背后刀剑碰撞和凯西奥高声咒骂的声音，所以就回来了。我从来没有听见他这样骂过人；我本来追得不远，一转身就看见他们在这儿你一刀我一剑地厮杀得难解难分，正像您到来喝开他们的时候一样。我所能报告的就是这几句话。人总是人，圣贤也有错误的时候；一个人在愤怒之中，就是好朋友也会翻脸不认。虽然凯西奥给了他一点儿小小的伤害，可是我相信凯西奥一定从那逃走的家伙那里受到什么奇耻大辱，所以才会动起那么大的火性来的。

奥赛罗 伊阿古，我知道你的忠实和义气，使你把这件事情轻描淡写，替凯西奥减轻他的罪名。凯西奥，你是我的好朋友，可是从此以后，你不是我的部属了。

苔丝狄蒙娜率侍从上。

奥赛罗 瞧！我的温柔的爱人也给你们吵醒了！（向凯西奥）我要把你做一个榜样。

苔丝狄蒙娜 什么事？

奥赛罗 现在一切都没事了，爱人，去睡吧。先生，您受的伤我愿意亲自替您医治。把他扶出去。（侍从扶蒙太诺下）伊阿古，你去巡视市街，安定安定受惊的人心。来，苔丝狄蒙娜，难圆的是军人的好梦，才合眼又被杀声惊动。（携苔丝狄蒙娜、众绅士及仆从下）

伊阿古 什么！副将，你受伤了吗？

凯西奥 嗯，我的伤是无药可救的了。

伊阿古 哎哟，上天保佑没有这样的事！

凯西奥 名誉，名誉，名誉！啊，我的名誉已经一败涂地了！我已经失去我的生命中不死的一部分，留下来的也就跟畜生没有分别了。我的名誉，伊阿古，我的名誉！

伊阿古 我是个老实人，我还以为你受到了什么身体上的伤害，那是比名誉的损失痛苦得多的。名誉是一件无聊的骗人的东西；得到它的人未必有什么功德，失去它的人也未必有什么过失。你的名誉仍旧是好端端的，除非你自以为它已经扫地了。嘿，朋友，你要恢复主帅对你的欢心，尽有办法呢。你现在不过一时遭逢他的恼怒；他给你的这一种处分，与其说是表示对你的不满，还不如说是遮掩世人耳目的政策，正像有人为了吓退一头凶恶的狮子而故意鞭打他的驯良的狗儿一样。你只要向他恳求恳求，他一定会回心转意的。

凯西奥　我宁愿恳求他唾弃我，也不愿蒙蔽他的聪明，让这样一位贤能的主帅手下有这么一个酗酒放荡的不肖将校。纵饮无度！胡言乱语！吵架！吹牛！赌咒！跟自己的影子说些废话！啊，你空虚缥缈的美酒的精灵，要是你还没有一个名字，让我们叫作魔鬼吧！

伊阿古　你提起了剑追逐不舍的那个人是谁？他怎么冒犯了你？

凯西奥　我不知道。

伊阿古　你怎么会不知道？

凯西奥　我记得一大堆的事情，可是全都是模模糊糊的；我记得跟人家吵起来，可是不知道为了什么。上帝啊！人们居然会把一个仇敌放进了自己的嘴里，让它偷去他们的头脑，在欢天喜地之中，把我们自己变成了畜生！

伊阿古　可是你现在已经很清醒了。你怎么会明白过来的？

凯西奥　气鬼一上了身，酒鬼就自动退让；一件过失引起了第二件过失，简直使我自己也瞧不起自己了。

伊阿古　得啦，你也太认真了。照此时此地的环境说起来，我但愿没有这种事情发生；可是即使事已如此，以后留心改过也就是了。

凯西奥 我要向他请求恢复我的原职，他会对我说我是一个酒棍！即使我有一百张嘴，这样一个答复也会把它们一起封住。现在还是一个清清楚楚的人，不一会儿就变成个傻子，然后他就变成一头畜生！啊，奇怪！每一杯过量的酒都是魔鬼酿成的毒水。

伊阿古 算了，算了，好酒只要不滥喝，也是一个很好的伙伴，你也不用咒骂它了。副将，我想你一定把我当作一个好朋友看待。

凯西奥 我很信任你的友谊。——我醉了！

伊阿古 朋友，一个人有时候多喝了几杯，也是免不了的。让我告诉你一个办法。我们主帅的夫人现在是我们真正的主帅；我可以这样说，因为他心里只念着她的好处，眼睛里只看见她的可爱。你只要在她面前坦白忏悔，恳求恳求她，她一定会帮助你官复原职。她的性情是那么慷慨仁慈，那么体贴人心，人家请她出十分力，她要是没有出到十二分，就觉得好像对不起人似的。你请她替你弥缝弥缝你跟她的丈夫之间的这一道裂痕，我可以拿我的全部财产打赌，你们的交情一定会反而因此格外加强的。

凯西奥 你的主意出得很好。

伊阿古 我发誓这一种意思完全出于一片诚心。

凯西奥 我充分信任你的善意，明天一早我就请求贤德的苔丝狄蒙娜替我尽力说情。要是我在这儿给他们革退了，我的前途也就从此毁了。

伊阿古 你说得对。晚安，副将，我还要守夜去呢。

凯西奥 晚安，正直的伊阿古！（下）

伊阿古 谁说我做事奸恶？我贡献给他的这番意见，不是光明正大，很合理，而且的确是挽回这摩尔人的心意的最好办法吗？只要是正当的请求，苔丝狄蒙娜总是有求必应的；她的为人是再慷慨再热心不过的了。至于叫她去说动这摩尔人，更是不费吹灰之力；他的灵魂已经完全成为她的爱情的俘虏，无论她要做什么事，或是把已经做成的事重新推翻，即使叫他抛弃他的信仰和一切得救的希望，他也会唯命是从，让她的好恶主宰他的无力反抗的身心。我既然向凯西奥指示了这一条对他有利的方策，谁还能说我是个恶人呢？人面蛇心的鬼魅！恶魔往往用神圣的外表，引诱世人干最恶的罪行，正像我现在所用的手段一样；因为当这个老实的呆子恳求苔丝狄蒙娜为他转圜，当她竭力在那摩尔人面前替他说情的时候，我就要用毒药灌进那摩尔人的耳中，说是她所以要运动凯西奥复职，只是为了恋奸情热的缘故。这样她越是忠于所托，越是会加强那摩尔人的猜疑；我就利用她的善良的心肠污毁她的名誉，让他们一个个都落进了我的罗网之中。

罗德利哥重上。

伊阿古 啊，罗德利哥！

罗德利哥 我在这儿给你们驱来赶去，不像一头追寻狐兔的猎狗，倒像是替你们凑凑热闹的。我的钱也差不多花光了，今夜我还挨了一顿痛打；我想这番教训，大概就是我费去不少辛苦换来的代价了。现在我的钱囊已经空空如也，我的头脑里总算增加了一点儿智慧，我要回到威尼斯去了。

伊阿古 没有耐性的人是多么可怜！什么伤口不是慢慢儿平复起来的？你知道我们干事情全赖计谋，并不是用的魔法；用计谋就必须等待时机成熟。一切进行得不是很顺利吗？凯西奥固然把你打了一顿，可是你受了一点儿小小的痛苦，已经使凯西奥把官职都丢了。虽然在太阳光底下，各种草木都欣欣向荣，可是最先开花的果子总是最先成熟。你安心点儿吧。哎哟，天已经亮啦；又是喝酒，又是打架，闹哄哄的就让时间飞快过去了。你去吧，回到你的宿舍里去。去吧，有什么消息我再来告诉你。去吧。（*罗德利哥下*）我还要做两件事情：第一是叫我的妻子在她的女主人面前替凯西奥说两句好话；同时我就去设法把那摩尔人骗一骗开，等到凯西奥去向他的妻子请求的时候，再让他亲眼看见这幕把戏。好，言之有理，不要迁延不决，耽误了锦囊妙计。（下）

第三幕

第一场　塞浦路斯。城堡前

凯西奥及若干乐工上。

凯西奥　列位朋友，就在这儿奏起来吧，我会酬劳你们的。奏一支简短一些的乐曲，敬祝我们的主帅晨安。（众乐工奏乐）

小丑上。

小丑　怎么，诸位，你们的家伙是不是都逛过那不勒斯的风流窟啊？要不怎么都这样嗡嗡咙咙地用鼻音说话？

乐工甲　大哥，这话怎么说？

小丑　敢问大哥，你们的家伙都是管乐器吗？

乐工甲　不错，大哥。

小丑　啊，难怪下面都长了那么个玩意儿。

乐工甲　那儿长了个什么玩意儿，大哥？

小丑　我知道的好多管乐器上都长了那么个玩意儿。可是列位朋友，这儿是赏给你们的钱；将军非常喜欢你们的音乐，他请求你们千万不要再奏下去了。

乐工甲 好，大哥，那么我们不奏了。

小丑 要是你们会奏听不见的音乐，请奏起来吧；可是正像人家说的，将军对于听音乐这件事不大感兴趣。

乐工甲 我们不会奏那样的音乐。

小丑 那么把你们的笛子藏起来，因为我要去了，去融化在空气里了。去！（乐工等下）

凯西奥 你听不听见，我的好朋友？

小丑 不，我没有听见您的好朋友，我只听见您。

凯西奥 少说笑话。这一块小小的金币你拿了去，要是伺候将军夫人的那位奶奶已经起身，你就告诉她有一个凯西奥请她出来说话。你肯不肯？

小丑 她已经起身了，先生，要是她愿意出来，我就告诉她。

凯西奥 谢谢你，我的好朋友。（小丑下）

伊阿古上。

凯西奥 来得正好，伊阿古。

伊阿古 你还没有上过床吗？

凯西奥 没有，我们分手的时候，天早就亮了。伊阿古，我已经大胆叫人去请你的妻子出来，我想请她替我设法见一见贤德的苔丝狄蒙娜。

伊阿古 我去叫她立刻出来见你。我还要想一个法子把那摩尔人调开，好让你们谈话方便一些。

凯西奥 多谢你的好意。（伊阿古下）我从来没有认识过一个比他更善良正直的佛罗伦萨人。

爱米利娅上。

爱米利娅 早安，副将！听说您误触主帅之怒，真是一件令人懊恼的事；可是一切就会转祸为福的。将军和他的夫人正在谈起此事，夫人竭力替您辩白，摩尔人说，被您伤害的那个人，在塞浦路斯是很有名誉很有势力的，为了避免受人非难起见，他不得不把您斥革；可是他说他很喜欢您，即使没有别人替您说情，他也会留心着一有适当的机会，就让您恢复原职的。

凯西奥 可是我还要请求您一件事；要是您认为没有妨碍或是可以办得到的话，请您设法让我独自见一见苔丝狄蒙娜，跟她做一次简短的谈话。

爱米利娅 请您进来吧，我可以带您到一处能让您从容吐露您的心曲的所在。

凯西奥 那真使我感激万分。（同下）

第二场 城堡中一室

奥赛罗、伊阿古及绅士等上。

奥赛罗 伊阿古，这几封信你拿去交给舵师，叫他回去替我呈上元老院。我就在堡垒上走走；你把事情办好以后，就到那边来见我。

伊阿古 是，主帅，我就去。

奥赛罗 各位，我们要不要去看看这儿的防务？

众人 我们愿意奉陪。（各下）

第三场 城堡前

苔丝狄蒙娜、凯西奥及爱米利娅上。

苔丝狄蒙娜 好凯西奥，你放心吧，我一定尽力替你说情就是了。

爱米利娅 好夫人，请您千万出力。不瞒您说，我的丈夫为了这件事情，也懊恼得不得了，就像是他自己身上的事情一般。

苔丝狄蒙娜 啊！你的丈夫是一个好人。放心吧，凯西奥，我一定会设法使我的丈夫对你恢复原来的友谊。

凯西奥 大恩大德的夫人，无论迈克尔·凯西奥将来会有什么成就，他永远是您的忠实的仆人。

苔丝狄蒙娜 我知道，我感谢你的好意。你爱我的丈夫，你又是他的多年的知交，放心吧，他除了表面上因为避免嫌疑而对你略示疏远以外，绝不会真的对你见外的。

凯西奥 您说得很对，夫人，可是避嫌这一个权宜之计可能因为什么细故或偶然事件而拖很长时间。我现在又失去了在帐下供奔走的机会，日久之后，有人代替了我的地位，恐怕主帅就要把我的忠诚和微劳一起忘记了。

苔丝狄蒙娜 那你不用担心，当着爱米利娅的面，我保证你一定可以恢复原职。请你相信我，要是我发誓帮助一个朋友，我一定会帮助他到底。我的丈夫将要不得安息，无论睡觉吃饭的时候，我都要在他耳旁聒噪；无论他干什么事，我都要插进嘴去替凯西奥说情。所以高兴起来吧，凯西奥，因为你的辩护人是宁死不愿放弃你的权益的。

奥赛罗及伊阿古自远处上。

爱米利娅 夫人，将军来了。

凯西奥 夫人，我告辞了。

苔丝狄蒙娜 啊，等一等，听我说。

凯西奥 夫人，改日再谈吧；我现在心里很不自在，见了主帅恐怕反多不便。

苔丝狄蒙娜 好，随您的便。（凯西奥下）

伊阿古 嘿！我不欢喜那种样子。

奥赛罗 你说什么？

伊阿古 没有什么，主帅，要是——我不知道。

奥赛罗 那从我妻子身边走开去的，不是凯西奥吗？

伊阿古 凯西奥，主帅？不，我想他一定不会看见您来了，就好像做了什么亏心事似的偷偷溜走的。

奥赛罗 我相信是他。

苔丝狄蒙娜 啊，我的主！刚才有人在这儿向我请托，他因为失去了您的欢心，非常抑郁不快呢。

奥赛罗 你说的是什么人？

苔丝狄蒙娜 就是您的副将凯西奥哇。我的好夫君，要是我还有几分面子，或是几分可以左右您的力量，请您立刻对他恢复原来的恩宠吧；因为他倘不是一个真心爱您的人，他的过失倘不是无心而是有意的，那么我就是看错了人啦。请您叫他回来吧。

奥赛罗 他刚才从这儿走开去吗？

苔丝狄蒙娜 嗯，是的，他是那样满含着羞愧，使我也不禁对他感到同情的悲哀。爱人，叫他回来吧。

奥赛罗 现在不必，亲爱的苔丝狄蒙娜，慢慢儿再说吧。

苔丝狄蒙娜 可是那不会太久吗？

奥赛罗 亲爱的，为了你的缘故，我叫他早一点儿复职就是了。

苔丝狄蒙娜 能不能在今天晚餐的时候？

奥赛罗 不，今晚可不能。

苔丝狄蒙娜 那么明天午餐的时候？

奥赛罗 明天我不在家里午餐，我要跟将领们在营中会面。

苔丝狄蒙娜 那么明天晚上吧，或者星期二早上，星期二中午、晚上，星期三早上，随您指定一个时间，可是不要超过三天以上。他对于自己的行为不检，的确非常悔恨；固然在这种战争的时期，地位较高的人必须以身作则，可是照我们平常的眼光看来，他的过失实在是微乎其微的。什么时候让他来？告诉我，奥赛罗。要是您有什么事情要求我，我想我绝不会拒绝您，或是这样吞吞吐吐的。什么！迈克尔·凯西奥，您向我求婚的时候，是他陪着您来的；好多次我表示对您不满意的时候，他总是为您辩护；现在我请您把他重新叙用。却会这样为难！相信我，我可以——

奥赛罗　好了，不要说下去了。让他随便什么时候来吧。你要什么我总不愿拒绝的。

苔丝狄蒙娜　这并不是一个恩惠，就好像我请求您戴上您的手套，劝您吃些富于营养的菜肴，穿些温暖的衣服，或是叫您做一件对您自己有益的事情一样。不，要是我真的向您提出什么要求，来试探试探您的爱情，那一定要是一件非常棘手而难以应允的事。

奥赛罗　我什么都不愿拒绝你，可是现在你必须答应暂时离开我一会儿。

苔丝狄蒙娜　我会拒绝您的要求吗？不。再会，我的主。

奥赛罗　再会，我的苔丝狄蒙娜，我马上就来看你。

苔丝狄蒙娜　爱米利娅，来吧。您爱怎么样就怎么样，我总是服从您的。（苔丝狄蒙娜、爱米利娅同下）

奥赛罗 可爱的女人！要是我不爱你，让我的灵魂永堕地狱！当我不爱你的时候，世界也要复归于混沌了。

伊阿古 尊贵的主帅——

奥赛罗 你说什么，伊阿古？

伊阿古 当您向夫人求婚的时候，迈克尔·凯西奥也知道你们的恋爱吗？

奥赛罗 他从头到尾都知道。你为什么问起？

伊阿古 不过是为了解我心头的一个疑惑，并没有其他的用意。

奥赛罗 你有什么疑惑，伊阿古？

伊阿古 我以为他本来跟夫人是不相识的。

奥赛罗 啊，不，他常常在我们两人之间传递消息。

伊阿古 当真？

奥赛罗 当真！嗯，当真。你觉得有什么不对吗？他这人不老实吗？

伊阿古 老实，我的主帅？

奥赛罗 老实！嗯，老实。

伊阿古 主帅，照我所知道的——

奥赛罗 你有什么意见？

伊阿古 意见，我的主帅！

奥赛罗 意见，我的主帅！天哪，他在学我的舌，好像在他的思想之中，藏着什么丑恶得不可见人的怪物似的。你的话里含着意思。刚才凯西奥离开我的妻子的时候，我听见你说，你不欢喜那种样子；你不欢喜什么样子呢？当我告诉你在我求婚的全部过程中，他都参与我们的秘密的时候，你又喊着说，“当真！”蹙紧了你的眉头，好像在把一个可怕的思想关锁在你的脑筋里一样。要是你爱我，把你所想到的事告诉我吧。

伊阿古 主帅，您知道我是爱您的。

奥赛罗 我相信你的话，因为我知道你是一个忠爱正直的人，从来不让一句没有忖度过的话轻易出口，所以你这种吞吞吐吐的口气格外使我惊疑。在一个奸诈的小人，这些不过是一套玩惯了的戏法；可是在一个正人君子，那就是从心底里不知不觉自然流露出来的秘密的抗议。

伊阿古 讲到迈克尔·凯西奥，我敢发誓我相信他是忠实的。

奥赛罗 我也是这样想。

伊阿古 人们的内心应该跟他们的外表一致，有的人却不是这样；要是他们能够脱下了假面，那就好了！

奥赛罗 不错，人们的内心应该跟他们的外表一致。

伊阿古 所以我想凯西奥是个忠实的人。

奥赛罗 不，我看你还有一些别的意思。请你老老实实把你的思想告诉我，尽管用最坏的字眼，说出你所想到的最坏的事情。

伊阿古 我的好主帅，请原谅我，凡是我名分上应尽的责任，我当然不敢躲避，可是您不能勉强我做那一切奴隶们也没有那种义务的事。吐露我的思想？也许它们是邪恶而卑劣的，哪一座庄严的宫殿里，不会有时被下贱的东西闯入呢？哪一个人的心胸这样纯洁，没有一些污秽的念头和正大的思想分庭抗礼呢？

奥赛罗 伊阿古，要是你以为你的朋友受人欺侮了，可是却不让他知道你的思想，这不成了合谋卖友了吗？

伊阿古 也许我是以小人之腹度君子之心，因为我是一个秉性多疑的人，常常会无中生有，错怪了人家；所以请您还是不要把我的无稽的猜测放在心上，更不要因为我的胡乱的妄言而自寻烦恼。要是我让您知道了我的思想，一则将会破坏您的安静，对您没有什么好处；二则那会影响我的人格，对我也是一件不智之举。

奥赛罗 你的话是什么意思？

伊阿古 我的好主帅，无论男人女人，名誉是他们灵魂里面最切身的珍宝。谁偷窃我的钱囊的，不过偷窃到一些废物，一些虚无的东西，它只是从我的手里转到他的手里，而它也曾做过千万人的奴隶；可是谁偷了我的名誉，那么他虽然并不因此而富足，我却因为失去它而成为赤贫了。

奥赛罗 凭着上天起誓，我一定要知道你的思想。

伊阿古 即使我的心在您的手里，您也不能知道我的思想；当它还在我的保管之下，我更不能让您知道。

奥赛罗 嘿！

伊阿古 啊，主帅，您要留心嫉妒啊！那是一个绿眼的妖魔，谁做了它的牺牲，就要受它的玩弄。本来并不爱他的妻子的那种丈夫，虽然明知被他的妻子欺骗，算来还是幸福的；可是，啊！一方面那样痴心疼爱，一方面又是那样满腹狐疑，这才是活活的受罪！

奥赛罗 啊，难堪的痛苦！

伊阿古 贫穷而知足，可以赛过富有；有钱的人要是时时刻刻都在担心他会有一天变成穷人，那么即使他有无限的资财，实际上也像冬天一样贫困。天啊，保佑我们不要嫉妒吧！

奥赛罗 咦，这是什么意思？你以为我会在嫉妒里消磨我的一生，随着每一次月亮的变化，发生一次新的猜疑吗？不，我有一天感到怀疑，就要把它立刻解决。要是我会让这种捕风捉影的推测支配我的心灵，像你所暗示的那样，我就是一头愚蠢的山羊。虽说我的妻子貌美多姿、爱好交际、口才敏慧、能歌善舞，又能弹一手好琴，绝不会使我嫉妒；对于一个贤淑的女子，这些是锦上添花的美妙的外饰。我也绝不因为我自己的缺点而担心她会背叛我；她倘不是独具慧眼，绝不会选中我的。不，伊阿古，我在没有亲眼看到以前，绝不妄起猜疑；当我感到怀疑的时候，我就要把它证实；果然有了确实的证据，我就一了百了，让爱情和嫉妒同时毁灭。

伊阿古 您这番话使我听了很是高兴，因为我现在可以用更坦白的精神，向您披露我的忠爱之忱了。我还不能给您确实的证据。

注意尊夫人的行动；留心观察她对凯西奥的态度；用冷静的眼光看着他们，不要一味多心，也不要过于大意。我不愿您的慷慨豪迈的天性被人欺罔；留心着吧。我知道我们国家的娘儿们的脾气；在威尼斯她们背着丈夫干的风流活剧，是不瞒天地的；她们可以不顾羞耻，干她们所要干的事，只要不让丈夫知道，就可以问心无愧。

奥赛罗　你真的这样说吗？

伊阿古　她当初跟您结婚，曾经骗过她的父亲；当她好像对您的容貌战栗畏惧的时候，她的心里却在热烈地爱着它。

奥赛罗　她正是这样。

伊阿古　好，她这样小小的年纪，就有这般能耐，做作得不露一丝破绽，把她父亲的眼睛完全遮掩过去，使他疑心您用妖术把她骗走。——可是我不该说这种话；请您原谅我对您的过分的忠心吧。

奥赛罗　我永远感激你的好意。

伊阿古　我看这件事情有点儿扫了您的兴致。

奥赛罗　一点儿不，一点儿不。

伊阿古　真的，我怕您在气恼啦。我希望您把我这番话当作善意的警戒。可是我看您真的在动怒啦。我必须请求您不要因为我这么说了，就武断地下了结论；不过是一点儿嫌疑，还不能就认为事实哩。

奥赛罗 我不会的。

伊阿古 您要是这样，主帅，那么我的话就要引起不幸的后果，完全违反我的本意了。凯西奥是我的好朋友——主帅，我看您在动怒啦。

奥赛罗 不，并不怎么动怒。我想苔丝狄蒙娜是贞洁的。

伊阿古 但愿她永远如此！但愿您永远这样想！

奥赛罗 可是一个人往往容易迷失本性——

伊阿古 嗯，问题就在这儿。说句大胆的话，当初多少跟她同国族、同肤色、同阶级的人向她求婚，她都置之不理，这明明是违反常情的举动。嘿！从这儿就可以看到一个荒唐的意志、乖僻的习性和不近人情的思想。可是原谅我，我不一定指着她说话；虽然我恐怕她因为一时的孟浪跟随了您，也许后来会觉得您在各方面不能符合她自己国中的标准而懊悔她的选择的错误。

奥赛罗 再会，再会。要是你还观察到什么事，请让我知道；叫你的妻子留心察看。离开我，伊阿古。

伊阿古 （欲去）主帅，我告辞了。

奥赛罗 我为什么要结婚呢？这个诚实的汉子所看到所知道的事情，一定比他向我宣布出来的多得多。

伊阿古 （回转）主帅，我想请您最好把这件事情搁一搁，慢慢儿再看吧。凯西奥显然应该让他复职，因为他对于这一个职位是非常胜任的；可是您要是愿意对他暂时延宕一下，就可以借此窥探他的真相，看他钻的是哪一条门路。您只要注意尊夫人在您面前是不是着力替他说情；从那上头就可以看出不少情事。现在请您只把我的意见认作无谓的过虑——我相信我的确太多疑了——仍旧把尊夫人看成一个清白无罪的人。

奥赛罗 你放心吧，我不会失去自制的。

伊阿古 那么我告辞了。（下）

奥赛罗 这是一个非常诚实的家伙，对于人情世故是再熟悉不过的了。要是我能够证明她是一头没有驯服的野鹰，虽然我用自己的心弦把她系住，我也要放她随风远去，追寻她自己的命运。也许因为我生得黑丑，缺少绅士们温柔风雅的谈吐，也许因为我年纪老了点儿——虽然还不算顶老——所以她才会背叛我；我已经自取其辱，只好割断对她这一段痴情。啊，结婚的烦恼！我们可以在名义上把这些可爱的人儿称为我们所有，却不能支配她们的爱憎喜恶；我宁愿做一只蛤蟆，呼吸牢室中的浊气，也不愿占住了自己心爱之物的一角，让别人把它享用。可是那是富贵者也不能幸免的灾祸，他们并不比贫贱者享有更多的特权；那是像死一样不可逃避的命运，我们一生下来就已经在冥冥中注定了的。瞧！她来了。倘然她是不贞的，啊！那么上天在开自己的玩笑了。我不信。

苔丝狄蒙娜、爱米利娅重上。

苔丝狄蒙娜 啊，我的亲爱的奥赛罗！您所宴请的那些岛上的贵人们都在等着您去入席哩。

奥赛罗 是我失礼了。

苔丝狄蒙娜 您怎么说话这样没有劲？您不大舒服吗？

奥赛罗 我有点儿头痛。

苔丝狄蒙娜 那一定是为了少睡的缘故，不要紧的，让我替您绑紧了，一个小时内就可以痊愈。

奥赛罗 你的手帕太小了。（苔丝狄蒙娜手帕坠地）随它去。来，我跟你一块儿进去。

苔丝狄蒙娜 您身子不舒服，我很懊恼。（奥赛罗、苔丝狄蒙娜下）

爱米利娅 我很高兴我拾到了这方手帕，这是她从那摩尔人手里第一次得到的礼物。我那古怪的丈夫向我说过了不知多少好话，要我把它偷了来；可是她非常喜欢这玩意儿，因为他叫她永远保存，不许遗失，所以她随时带在身边，一个人的时候就拿出来把它亲吻，对它说话。我要去把那花样描下来，再把它送给伊阿古；究竟他拿去有什么用，天才知道，我可不知道。我只不过为了讨他的欢喜。

伊阿古重上。

伊阿古 啊！你一个人在这儿干什么？

爱米利娅 不要骂，我有一件好东西给你。

伊阿古 一件好东西给我？一件不值钱的东西——

爱米利娅 嘿！

伊阿古 娶了一个愚蠢的老婆。

爱米利娅 啊！当真？要是我现在把那方手帕给了你，你给我什么东西？

伊阿古 什么手帕？

爱米利娅 什么手帕！就是那摩尔人第一次送给苔丝狄蒙娜，你老是叫我偷了来的那方手帕呀。

伊阿古 已经偷来了吗？

爱米利娅 不，不瞒你说，她自己不小心掉了下来，我正在旁边，趁此机会就把它拾起来了。瞧，这不是吗？

伊阿古 好婆娘，给我。

爱米利娅 你一定要我偷了它来，究竟有什么用？

伊阿古 哼，那干你什么事？（夺帕）

爱米利娅 要是没有重要的用途，还是把它还了我吧。可怜的夫人！她失去这方手帕，准要发疯了。

伊阿古 不要说出来，我自有用处。去，离开我。（爱米利娅下）我要把这手帕丢在凯西奥的寓所里，让他找到它。像空气一样轻的小事，对于一个嫉妒的人，也会变成天书一样坚强的确证；也许这就可以引起一场是非。这摩尔人为我的毒药所中，他的心理上已经发生变化了；危险的思想本来就是一种毒药，虽然在开始的时候尝不到什么苦涩的味道，可是渐渐在血液里活动起来，就会像火山一样轰然爆发。

奥赛罗重上。

伊阿古 我已经说过了，瞧，他又来了！罂粟，曼陀罗，或是世上一切使人昏迷的药草，都不能使你得到昨天晚上你还安然享受的酣眠。

奥赛罗 嘿！嘿！对我不贞？

伊阿古 啊，怎么，主帅！别老是想着那件事啦。

奥赛罗 去！滚开！你害得我好苦。与其知道得不明不白，还是糊里糊涂受人家欺弄的好。

伊阿古 怎么，主帅！

奥赛罗 她瞒着我跟人家私通，我不是一无知觉的吗？我没有看见，没有想到，它对我漠不相干；到了晚上，我还是睡得好好的，逍遥自得，无忧无虑，在她的嘴唇上找不到凯西奥吻过的痕迹。被盗的人要是不知道偷儿盗去了他什么东西，他就是等于没有被盗一样。

伊阿古 我很抱歉听见您说这样的话。

奥赛罗 要是全营的将士，从最低微的工兵起，都曾领略过她的肉体的美趣，只要我一无所知，我还是快乐的。啊！从今以后，永别了，宁静的心绪！永别了，平和的幸福！永别了，威武的大军、激发壮志的战争！啊，永别了！永别了，长嘶的骏马、锐利的号角、惊魂的鼙鼓、刺耳的横笛、庄严的大旗和一切战阵上的威仪！还有你，杀人的巨炮啊，你的残暴的喉管里模仿着天神乔武的怒吼，永别了！奥赛罗的事业已经完毕。

伊阿古 难道一至于此吗，主帅？

奥赛罗 恶人，你必须证明我的爱人是一个淫妇（掐住伊阿古的喉咙），你必须给我目击的证据；否则凭着人类永生的灵魂起誓，我的激起了的怒火将要喷射在你的身上，使你悔恨自己当初不曾投胎做一只狗！

伊阿古 竟会到了这样的地步吗？

奥赛罗 让我亲眼看见这种事实，或者至少给我无可置疑的切实的证据，否则我要活活取你的命！

伊阿古 尊贵的主帅——

奥赛罗 你要是故意捏造谣言，毁坏她的名誉，使我受到难堪的痛苦，那么你再不要祈祷吧；放弃一切恻隐之心，让各种可怕的罪恶丛集于你的一身，尽管做一些使上天悲泣、使人世惊愕的暴行吧，因为你现在已经罪大恶极，没有什么可以使你在地狱里沉沦得更深了。

伊阿古 天啊！您是一个汉子吗？您有灵魂吗？您有知觉吗？上帝和您同在！我也不要做这劳什子的旗官了。啊，倒霉的傻瓜！你以为自己是个老实人，人家却把你的老实当作了罪恶！啊，丑恶的世界！注意，注意，世人啊！说老实话，做老实人，是一件危险的事哩。谢谢您给我这一个有益的教训；既然善意反而遭人嗔怪，从此以后，我再也不对什么朋友掬献我的真情了。

奥赛罗　不，且慢，你应该做一个老实的人。

伊阿古　我应该做一个聪明人；因为老实人就是傻瓜，虽然一片好心，结果还是不能取信于人。

奥赛罗　我想我的妻子是贞洁的，可是又疑心她不大贞洁；我想你是诚实的，可是又疑心你不大诚实。我一定要得到一些证据。她的名誉本来是像狄安娜的容颜一样皎洁的，现在已经染上污垢，像我自己的脸庞一样黝黑了。要是这儿有绳子、刀子、毒药、火焰或是使人窒息的河水，我一定不能忍受下去。但愿我能够扫空这一块疑团！

伊阿古　主帅，我看您完全被感情所支配了。我很后悔不该惹起您的疑心。那么您愿意知道究竟吗？

奥赛罗　愿意！嘿，我一定要知道。

伊阿古　那倒是可以的；可是怎样去知道它呢，主帅？您要眼睁睁地当场看她被人摁倒在地吗？

奥赛罗　啊！该死该死！

伊阿古　叫他们当场表演，我想很不容易；非要捉奸在床，才收拾他俩，这很不容易。那么怎么样呢？那么又怎么办呢？我应该怎么说呢？怎样才可以拿到真凭实据？即使他们像山羊一样风骚、猴子一样好色、豺狼一样贪淫，即使他们是糊涂透顶的傻瓜，您也看不到他们这一幕把戏。可是我说，有了确凿的线索，就可以探出事实的真相；要是这一类间接的旁证可以替您解除疑惑，那倒是不难得到的。

奥赛罗 给我一个充分的理由，证明她已经失节。

伊阿古 我不喜欢这件差使；可是既然愚蠢的忠心已经把我拉进了这一桩纠纷里去，我也不能再守沉默了。最近我曾经和凯西奥同过榻。我因为牙痛不能入睡；世上有一种人，他们的灵魂是不能保守秘密的，往往会在睡梦之中吐露他们的私事，凯西奥也就是这一种人。我听见他在梦寐中说，“亲爱的苔丝狄蒙娜，我们须要小心，不要让别人窥破了我们的爱情！”于是，主帅，他就紧紧地捏住我的手，嘴里喊，“啊，可爱的人儿！”然后狠狠地吻着我，好像那些吻是长在我的嘴唇上，他恨不得把它们连根拔起一样；然后他又把他的脚搁在我的大腿上，叹一口气，亲一个吻，喊一声“该死的命运，把你给了那摩尔人！”

奥赛罗 啊，可恶！可恶！

伊阿古 不，这不过是他的梦。

奥赛罗 虽然只是一个梦，事情一定是做出来了。

伊阿古 这确实非常可疑；这也许可以进一步证实其他的疑窦。

奥赛罗 我要把她碎尸万段。

伊阿古 不，您不能太鲁莽了。我们还没有看见实际的行动，也许她还是贞洁的。告诉我这一点：您有没有看见过在尊夫人的手里有一方绣着草莓花样的手帕？

奥赛罗 我给过她这样一方手帕，那是我第一次送给她的礼物。

伊阿古 那我不知道，可是今天我看见凯西奥用这样一方手帕抹他的胡子，我相信它一定就是尊夫人的。

奥赛罗 假如就是那一方手帕——

伊阿古 假如就是那一方手帕，或者是她所用过的其他手帕，那么又是一个对她不利的证据了。

奥赛罗 啊，我但愿那家伙有四万条生命！单单让他死一次是发泄不了我的愤怒的。现在我明白这件事情全然是真的了。瞧，伊阿古，我把我的全部痴情向天空中吹散；它已经随风消失了。黑暗的复仇，从你的幽窟之中升起来吧！爱情啊，把你的王冠和你的心灵深处的宝座让给残暴的憎恨吧！膨胀起来吧，我的胸膛，因为你已经满载着毒蛇的螫舌！

伊阿古 请不要发恼。

奥赛罗 啊，血！血！血！

伊阿古 忍耐点儿吧，也许您的意见会改变过来的。

奥赛罗 决不，伊阿古。正像黑海的寒涛滚滚奔流，冲进马尔马拉海，直抵达达尼尔海峡，永远不会后退，我的风驰电掣的流血的思想，在复仇的目的没有充分达到以前，也绝不会踟蹰却顾，化为绕指的柔情。（跪）苍天在上，我倘不能报复这奇耻大辱，誓不偷生人世。

伊阿古 且慢起来。（跪）永古炳耀的日月星辰，环抱宇宙的风云雨雾，请你们为我做证：从现在起，伊阿古愿意尽心竭力，为被欺的奥赛罗效劳；无论他叫我做什么残忍的工作，我都唯命是从，当它是一桩善举。

奥赛罗 我不用空口的感谢接受你的好意，为了表示我的诚心的嘉纳，我要请你立刻履行你的诺言：在这三天以内，让我听见你说凯西奥已经不在人世。

伊阿古 我的朋友的死已经决定了，因为这是您的意旨；可是放她活命吧。

奥赛罗 该死的淫妇！啊，咒死她！来，跟我去，我要为这美貌的魔鬼想出一个干脆的死法。现在你是我的副将了。

伊阿古 我永远是您的忠仆。（同下）

第四场　城堡前

苔丝狄蒙娜、爱米利娅及小丑上。

苔丝狄蒙娜 喂，你知道凯西奥副将家在哪儿吗？

小丑 我可不敢说他“假”在哪儿。

苔丝狄蒙娜 为什么？

小丑 他一个军人，说军人“假”，还不得挨他一刀。

苔丝狄蒙娜 行了！他住在哪儿？

小丑 我要告诉你他住哪儿，我就露出我“假”在哪儿了。

苔丝狄蒙娜 没头没脑的，什么意思？

小丑 我就不知道他住在哪儿。要是乱安排一个地方，说他“假”在这儿，“假”在那儿，那就是存心说“假”话了。

苔丝狄蒙娜 你可以打听打听他在什么地方啊。

小丑 好，我就去到处打听人家，就是盘问人家，看他们怎么回答我。

苔丝狄蒙娜 找到了他，你就叫他到这儿来，对他说我已经替他在将军面前说过情了，大概可以得到圆满的结果。

小丑 干这件事是一个人的智力所能及的，所以我愿意去干它一下。（下）

苔丝狄蒙娜 我究竟在什么地方掉了那方手帕呢，爱米利娅？

爱米利娅 我不知道，夫人。

苔丝狄蒙娜 相信我，我宁愿失去我的一袋金币。倘然我的摩尔人不是这样一个光明磊落的汉子，倘然他也像那些多疑善妒的卑鄙男人一样，这是很可能引起他的疑心的。

爱米利娅 他不会嫉妒吗？

苔丝狄蒙娜 谁！他？我想在他生长的地方，那灼热的阳光已经把这种气质完全从他身上吸去了。

爱米利娅 瞧！他来了。

苔丝狄蒙娜 我在他没有跟凯西奥当面谈话以前，决不离开他一步。

奥赛罗上。

苔丝狄蒙娜 您好吗，我的主？

奥赛罗 好，我的好夫人。（*旁白*）啊，装假脸真不容易！——你好，苔丝狄蒙娜？

苔丝狄蒙娜 我好，我的好夫君。

奥赛罗 把你的手给我。这手很潮润呢，我的夫人。

苔丝狄蒙娜 它还没有感到老年的侵袭，没有受过忧伤的损害。

奥赛罗 这一只手表明它的主人是多育子女而心肠慷慨的；这么热，这么潮。奉劝夫人努力克制邪心，常常斋戒祷告，反身自责，礼拜神明，因为这儿有一个年少风流的魔鬼，惯会在人们血液里捣乱。这是一只好手，一只很慷慨的手。

苔丝狄蒙娜 您真的可以这样说，因为就是这一只手把我的心献给您的。

奥赛罗 一只慷慨的手。从前的姑娘把手给人，同时把心也一起给了他；现在时世变了，得到一位姑娘的手的，不一定能够得到她的心。

苔丝狄蒙娜 这种话我不会说。来，您答应我的事怎么样啦？

奥赛罗 我答应你什么，乖乖？

苔丝狄蒙娜 我已经叫人去请凯西奥来跟您谈谈了。

奥赛罗 我的眼睛有些胀痛，老是淌着眼泪。把你的手帕借给我用一用。

苔丝狄蒙娜 这儿，我的主。

奥赛罗 我给你的那一方呢？

苔丝狄蒙娜 我没有带在身边。

奥赛罗 没有带?

苔丝狄蒙娜 真的没有带，我的主。

奥赛罗 那你可错了。那方手帕是一个埃及女人送给我的母亲的;她是一个能够洞察人心的女巫，她对我的母亲说，当她保存着这方手帕的时候，它可以使她得到我的父亲的欢心，享受专房的爱宠，可是她要是失去了它，或是把它送给旁人，我的父亲就要对她发生憎厌，他的心就要另觅新欢了。她在临死的时候把它传给我，叫我有了妻子以后，就把它交给新妇。我遵照她的吩咐给了你，所以你必须格外小心，珍惜它像珍惜你自己宝贵的眼睛一样;万一失去了，或是送给别人，那就难免遭到一场无比的灾祸。

苔丝狄蒙娜 真会有这种事吗?

奥赛罗 真的，这一方小小的手帕，却有神奇的魔力织在里面:它是一个二百岁的神巫在一阵心血来潮的时候缝就的;它那一缕缕的丝线，也不是世间的凡蚕所吐;织成以后，它曾经在用处女的心炼成的丹液里浸过。

苔丝狄蒙娜 当真!这是真的吗?

奥赛罗 绝对的真实，所以留心藏好它吧。

苔丝狄蒙娜 上帝啊，但愿我从来没有见过它!

奥赛罗 嘿!为什么?

苔丝狄蒙娜 您为什么说得这样暴躁？

奥赛罗 它已经失去了吗？不见了吗？说，它是不是已经丢了？

苔丝狄蒙娜 上天保佑我们！

奥赛罗 你说。

苔丝狄蒙娜 它没有失去；可是要是失去了，那可怎么样呢？

奥赛罗 怎么！

苔丝狄蒙娜 我说它没有失去。

奥赛罗 去把它拿来给我看。

苔丝狄蒙娜 我可以去把它拿来，可是现在我不高兴。这是一个诡计，要想把我的要求赖了过去。请您把凯西奥重新录用了吧。

奥赛罗 给我把那手帕拿来。我疑心起来了。

苔丝狄蒙娜 得啦，得啦，您再也找不到一个比他更能干的人。

奥赛罗 手帕！

苔丝狄蒙娜 请您还是跟我谈谈凯西奥的事情吧。

奥赛罗 手帕！

苔丝狄蒙娜 他一向受您的眷爱，跟着您同甘共苦，历尽艰辛——

奥赛罗 手帕！

苔丝狄蒙娜 凭良心说，您也太不该。

奥赛罗 去！（下）

爱米利娅 这个人在嫉妒吗？

苔丝狄蒙娜 我从来没有见过他像这样子。这手帕一定有些不可思议的魔力，我真倒霉把它丢了。

爱米利娅 好的男人一两年里头也难得碰见一个。男人是一只胃，我们是一块肉；他们贪婪地把我们吞下去，吃饱了，就把我们呕出来。您瞧！凯西奥跟我的丈夫来啦。

伊阿古及凯西奥上。

伊阿古 没有别的法子，只好央求她出力。瞧！好运气！去求求她吧。

苔丝狄蒙娜 啊，好凯西奥！您有什么见教？

凯西奥 夫人，我还是要向您重提我原来的请求，希望您发挥鼎力，让我重做一个人，能够在我所尊敬的主帅麾下再邀恩眷。我不能这样延宕下去了。假如我果然罪大恶极，无论过去的微劳、现在的悔恨，或是将来立功自赎的决心，都不能博取他的矜怜宽谅，那么我也希望得到一个明白的答复，我就死心塌地，向别处去乞讨命运的布施了。

苔丝狄蒙娜 唉，善良的凯西奥！我的话已经变成刺耳的烦渎了；我的丈夫已经不是我的丈夫，要是他的面貌也像他的脾气一样改变，我简直要不认识他了。愿神灵保佑我！我已经尽力替您说话；为了我的言辞的戆拙，我已经遭到他的憎怒。您必须暂时忍守，只要是我力量所及的事，我都愿意为您一试；请您相信我，倘然那是我自己的事情，我也不会这样热心的。

伊阿古 主帅发怒了吗？

爱米利娅 他刚才从这儿走开去，他的神气暴躁异常。

伊阿古 他会发怒吗？我曾经看见大炮冲散他的队伍，像魔鬼一样把他的兄弟从他身边轰掉，他仍旧不动声色。他也会发怒吗？那么一定出了什么重大的事情啦。我要去看看他。他要是发怒，一定有些缘故。

苔丝狄蒙娜 请你就去吧。（伊阿古下）一定是什么国家大事，或是他在这儿塞浦路斯发现了什么秘密的阴谋，扰乱了他的清明的神志。人们在这种情形之下，往往会为了一点点小事而生气，虽然实际激怒他们的却是其他更大的原因。正是这样，我们一个指头疼痛的时候，全身都会觉得难受。我们不能把男人当作完善的天神，也不能希望他们永远像新婚之夜那样殷勤体贴。爱米利娅，我真该死，会在心里抱怨他的无情；现在我才觉悟我是错怪他了。

爱米利娅 谢天谢地，但愿果然像您所想的，是为了些国家的事情，不是因为对您起了疑心。

苔丝狄蒙娜 唉！我从来没有给过他一些可以使他怀疑的理由。

爱米利娅 可是多疑的人是不会因此而满足的。他们往往不是因为有了什么理由而嫉妒，只是为了嫉妒而嫉妒，那是一个凭空而来，自生自长的怪物。

苔丝狄蒙娜 愿上天保佑奥赛罗，不要让这怪物钻进他的心！

爱米利娅 阿门，夫人。

苔丝狄蒙娜 我去找他去。凯西奥，您在这儿走走；要是我看见他可以说话，我会向他提起您的请求，尽力给您转圜就是了。

凯西奥 多谢夫人。（苔丝狄蒙娜、爱米利娅下）

比恩卡上。

比恩卡 你好，好凯西奥！

凯西奥 你怎么不在家里？你好，我的最娇美的比恩卡？不骗你，亲爱的，我正要到你家里去呢。

比恩卡 我也是要到你的尊寓里去的，凯西奥。怎么！一个星期不来看我？七天七夜！一百六十八个小时！在相思里挨过的时辰，比时钟上是要慢八十倍的。啊，这一笔算不清的糊涂账！

凯西奥 对不起，比恩卡，这几天来我实在心事太重，改日加倍补答你就是了。亲爱的比恩卡，（以苔丝狄蒙娜手帕授比恩卡）替我把这手帕上的花样描下来。

比恩卡 啊，凯西奥！这是什么地方来的？这一定是哪个新相好送给你的礼物；我现在明白你不来看我的缘故了。有这等事吗？好，好。

凯西奥 得啦，女人！把你这种瞎疑心丢还给魔鬼吧。你在吃醋了，你以为这是什么情人送给我的纪念品，不，凭着我的良心发誓，比恩卡。

比恩卡 那么这是谁的？

凯西奥 我不知道，爱人，我在寝室里找到它。那花样我很喜欢，我想趁失主没有来问我讨还以前，把它描了下来。请你拿去给我描一描。现在请你暂时离开我。

比恩卡 离开你！为什么？

凯西奥 我在这儿等候主帅到来，让他看见我有女人陪着，恐怕不大方便。

比恩卡 为什么？我倒要请问。

凯西奥 不是因为我不爱你。

比恩卡 就是因为你不爱我。请你陪我略走一段路，告诉我今天晚上你来不来看我。

凯西奥 我只能陪你略走几步，因为我在这儿等着人，可是我就会来看你的。

比恩卡 那很好，我也不能勉强你。（各下）

第四幕

第一场　塞浦路斯。城堡前

奥赛罗及伊阿古上。

伊阿古　你难道是这样想的吗？

奥赛罗　这样想什么，伊阿古？

伊阿古　什么！背着人接吻？

奥赛罗　这样的接吻是为礼法所不许的。

伊阿古　脱光了衣服，和她的朋友睡在一床，经过一个多小时，却一点儿不起邪念？

奥赛罗　伊阿古，脱光衣服睡在床上，还会不起邪念！这明明是对魔鬼的假意矜持；他们的本心是规矩的，可偏是做出了这种勾当；魔鬼欺骗了这两个规规矩矩的人，而他们就去欺骗上天。

伊阿古　要是他们不及于乱，那还不过是一个小小的过失；可是假如我把一方手帕给了我的妻子——

奥赛罗　给了她便怎样？

伊阿古　啊，主帅，那时候它就是她的东西了；既然是她的东西，我想她可以把它送给无论什么人的。

奥赛罗　她的贞操也是她自己的东西，她也可以把它送给无论什么人吗？

伊阿古　她的贞操是一种看不见摸不着的品质。世上有多少被公认为是有贞操的人其实并不具备贞操的品质，可是讲到那方手帕——

奥赛罗　天哪，我但愿忘记那句话！你说——啊！它笼罩着我的记忆，就像预兆不祥的乌鸦在一座染疫的屋顶上回旋一样——你说我的手帕在他的手里。

伊阿古　是的，在他手里便怎么样？

奥赛罗　那可不大好。

伊阿古　什么！要是我说我看见他干那对不住您的事？或是听见他说——世上尽多那种家伙，他们靠着死命的追求征服了一个女人，或者得到什么情妇的自动的垂青，就禁不住到处向人吹——

奥赛罗　他说过什么话吗？

伊阿古　说过的，主帅，可是您放心吧，他说过的话，他都可以发誓否认的。

奥赛罗　他说过些什么？

伊阿古 他说，他曾经——我不知道他曾经干些什么事。

奥赛罗 什么？什么？

伊阿古 跟她睡——

奥赛罗 在一床？

伊阿古 睡在一床，睡在她的身上；随您怎么说吧。

奥赛罗 跟她睡在一床！睡在她的身上！说睡在她身上岂不是诽谤她。该死！岂有此理！手帕——口供——手帕！叫他招供了，再把他吊死。先把他吊起来，然后叫他招供。我一想起就气得发抖。人们总是有了某种感应，阴暗的情绪才会笼罩他的心灵；一两句空洞的说话是不能给我这样大的震动的。呸！磨鼻子，咬耳朵，吮嘴唇。会有这样的事吗？口供！——手帕！——啊，魔鬼！（晕倒）

伊阿古 显出你的效力来吧，我的妙药，显出你的效力来吧！轻信的愚人是这样落进了圈套；许多贞洁贤淑的娘儿们，都是这样蒙上了不白之冤。喂，主帅！主帅！奥赛罗！

凯西奥上。

伊阿古 啊，凯西奥！

凯西奥 怎么一回事？

伊阿古 咱们大帅发起癫痫来了。这是他第二次发作，昨天他也发过一次。

凯西奥 在他太阳穴上摩擦摩擦。

伊阿古 不，不行，他这种昏迷状态，必须保持安静；要不然的话，他就要嘴里冒出白沫，慢慢儿会发起疯狂来的。瞧！他在动了。你暂时走开一下，他就会恢复原状的。等他走了以后，我还有要紧的话儿跟你说。（凯西奥下）怎么啦，主帅？您没有跌痛您的头吗？

奥赛罗 你在讥笑我吗？

伊阿古 我讥笑您！不，没有这样的事！我愿您像一个大丈夫似的忍受命运的捉弄。

奥赛罗 顶上了绿头巾，还好算是一个人吗？

伊阿古 在一座热闹的城市里，这种不好算人的人多着呢。

奥赛罗 他自己公然承认了吗？

伊阿古 主帅，您看破一点儿吧；您只要想一想，哪一个有家室的须眉男子，没有遭到跟您同样命运的可能？世上不知有多少男人，他们的卧榻上容留过无数素昧平生的人，他们自己还满以为这是一块私人的禁地哩。您的情形还不算顶坏。啊！这是最刻毒的恶作剧，魔鬼的最大的玩笑，让一个男人安安心心地搂着一个荡妇亲嘴，还以为她是一个三贞九烈的女人！不，我要睁开眼先看清我自己是个什么东西，我也就看准了该拿她怎么办。

奥赛罗 啊！你是个聪明人，你说得一点儿不错。

伊阿古 现在请您暂时站在一旁，竭力耐住您的怒气。刚才您恼得昏过去的时候，凯西奥曾经到这儿来过；我告诉他您不省人事是因为一时不适，把他打发走了，叫他过一会儿再来跟我谈谈；他已经答应我了。您只要找一处所在躲一躲，就可以看见他满脸得意忘形、冷嘲热讽的神气；因为我要叫他从头叙述他历次跟尊夫人相会的情形，还要问他重温好梦的时间和地点。您留心看看他那副表情吧。可是不要气恼；否则我就要说您一味意气用事，一点儿没有大丈夫的气概啦。

奥赛罗　告诉你吧，伊阿古，我会很巧妙地不动声色；可是，你听着，我也会包藏一颗最可怕的杀心。

伊阿古　那很好，可是什么事都要看准时机。您走远一步吧。（奥赛罗退后）现在我要向凯西奥谈起比恩卡，一个靠着出买风情维持生活的雌儿；她热恋着凯西奥；这也是娼妓们的报应，往往她们迷惑了多少的男子，结果却被一个男人迷昏了心。他一听见她的名字，就会忍不住捧腹大笑。他来了。

凯西奥重上。

伊阿古　他一笑起来，奥赛罗就会发疯；可怜的凯西奥的嬉笑的神情和轻狂的举止，在他那充满着无知的嫉妒的心头，一定可以引起严重的误会。——您好，副将？

凯西奥　我因为丢掉了这个头衔，正在懊恼得要死，你却还要这样称呼我。

伊阿古　在苔丝狄蒙娜跟前多说几句央求的话，包你原官起用。（低声）要是这件事情换在比恩卡手里，早就不成问题了。

凯西奥 唉，可怜虫！

奥赛罗 瞧！他已经在笑起来啦！

伊阿古 我从来不知道一个女人会这样爱一个男人。

凯西奥 唉，小东西！我看她倒是真的爱我。

奥赛罗 他并不坚决否认，还笑个不停。

伊阿古 你听见吗，凯西奥？

奥赛罗 现在他在要求他宣布经过情形啦。说下去，很好，很好。

伊阿古 她向人家说你将要跟她结婚，你有这个意思吗？

凯西奥 哈哈哈！

奥赛罗 你这样得意吗，好家伙，你这样得意吗？

凯西奥 我跟她结婚！什么？一个卖淫妇？对不起，你不要这样看轻我，我还不至于糊涂到这等地步哩。哈哈哈！

奥赛罗 好，好，好，好。得胜的人才会笑逐颜开。

伊阿古 不骗你，人家都在说你将要跟她结婚。

凯西奥 对不起，别说笑话啦。

伊阿古 我要是骗了你，我就是个大大的浑蛋。

凯西奥 一派胡说！她自己一厢情愿，相信我会跟她结婚；我可没有答应她。

奥赛罗 伊阿古在向我打招呼。现在他开始讲他的故事啦。

凯西奥 她刚才还在这儿，她到处缠着我。前天我正在海边上跟几个威尼斯人谈话，那傻东西就来啦，不瞒你说，她这样攀住我的颈项——

奥赛罗 （*旁白*）叫一声“啊，亲爱的凯西奥！”我可以从他的表情之间猜得出来。

凯西奥 她这样拉住我的衣服，靠在我的怀里，哭个不停，还这样把我拖来拖去，哈哈哈！

奥赛罗 现在他在讲她怎样把他拖到我的寝室里去啦。啊！我看见你的鼻子，可是不知道应该把它丢给哪一只狗吃。

凯西奥 好，我只好离开她。

伊阿古 啊！瞧，她来了。

凯西奥 好一头抹香粉的臭猫！

比恩卡上。

凯西奥 你这样到处盯着我不放，算是什么呀？

比恩卡 让魔鬼跟他的老娘盯着你吧！你刚才给我的那方手帕算是什么意思？我是个大傻瓜，才会把它收了下来。叫我描下那花样！好看的花样真多，居然你在你的寝室里找到它，却不知道谁把它丢在那边！这一定是哪一个贱丫头送给你的东西，却叫我描下它的花样来！拿去，还给你那个相好吧；随你从什么地方得到这方手帕，我可不高兴描下它的花样。

凯西奥 怎么，我的亲爱的比恩卡！怎么啦！怎么啦！

奥赛罗 天哪，那该是我的手帕哩！

比恩卡 今天晚上你要是愿意来吃饭，尽管来吧；要是不愿意来，等你下回有兴致的时候再来吧。（下）

伊阿古 追上去，追上去。

凯西奥 真的，我必须追上去，否则她会沿街骂人的。

伊阿古 你预备到她家里去吃饭吗？

凯西奥 是的，我想去。

伊阿古 好，也许我会再碰见你，因为我很想跟你谈谈。

凯西奥 请你一定来吧。

伊阿古 得了，别多说啦。（凯西奥下）

奥赛罗 （趋前）伊阿古，我应该怎样杀死他？

伊阿古 您看见他一听到人家提起他的丑事，就笑得多么高兴吗？

奥赛罗 啊，伊阿古！

伊阿古 您还看见那方手帕吗？

奥赛罗 那就是我的吗？

伊阿古 我可以举手起誓，那是您的。瞧他多么看得起您那位痴心的太太！她把手帕送给他，他却拿去给了他的娼妇。

奥赛罗 我要用九年的时间慢慢儿折磨死他。一个高雅的女人！一个美貌的女人！一个温柔的女人！

伊阿古 不，您必须忘掉那些。

奥赛罗 嗯，让她今夜腐烂、死亡、堕入地狱吧，因为她不能再活在世上。不，我的心已经变成铁石了；我打它，反而打痛了我的手。啊！世上没有一个比她更可爱的东西；她可以睡在一个皇帝的身边，命令他干无论什么事。

伊阿古　您素来不是这个样子的。

奥赛罗　让她死吧！我不过说她是怎么样的一个人。她的针线活儿是这样精妙！一个出色的音乐家！啊，她唱起歌来，可以驯服一头野熊的心！她的心思才智，又是这样敏慧多能！

伊阿古　唯其这样多才多艺，干出这种丑事来，才格外叫人气恼。

奥赛罗　啊！一千倍，一千倍的可恼！而且她的性格又是这样温柔！

伊阿古　嗯，太温柔了。

奥赛罗　对啦，一点儿不错。可是，伊阿古，可惜！啊！伊阿古！伊阿古！太可惜啦！

伊阿古　要是您对于一个失节之妇，还是这样恋恋不舍，那么索性采取放任主义吧；因为既然您自己也不以为意，当然更不干别人的事。

奥赛罗　我要把她剁成一堆肉酱。叫我当一个王八！

伊阿古　啊，她太不顾羞耻啦！

奥赛罗　跟我的部将通奸！

伊阿古　那尤其可恶。

奥赛罗　给我弄些毒药来，伊阿古，今天晚上。我不想跟她多费唇舌，免得她的肉体和美貌再打动了我的心。今天晚上，伊阿古。

伊阿古　不要用毒药，在她床上扼死她，就在那被她玷污了的床上。

奥赛罗 好，好，那是一个大快人心的处置，很好。

伊阿古 至于凯西奥，让我去取他的命吧。您在午夜前后，一定可以听到消息。

奥赛罗 好极了。（喇叭声）那是什么喇叭的声音？

伊阿古 一定是从威尼斯来了什么人。——是罗多维科奉公爵之命到这儿来了。瞧，您那位太太也跟他在一起。

罗多维科、苔丝狄蒙娜及侍从等上。

罗多维科 上帝保佑您，尊贵的将军！

奥赛罗 祝福您，大人。

罗多维科 公爵和威尼斯的元老们问候您安好。（以信交奥赛罗）

奥赛罗 我敬吻他们的恩命。（拆信阅读）

苔丝狄蒙娜 罗多维科大哥，威尼斯有什么消息？

伊阿古 我很高兴看见您，大人，欢迎您到塞浦路斯来！

罗多维科 谢谢。凯西奥副将好吗？

伊阿古 他还健在，大人。

苔丝狄蒙娜 大哥，他跟我的丈夫闹了点儿别扭；可是您可以使他们言归于好。

奥赛罗 你有把握吗？

苔丝狄蒙娜 您怎么说，我的主？

奥赛罗 （读信）“务必照办为要，不得有误。——”

罗多维科 他没有回答，他正在忙着读信。将军跟凯西奥果然有了意见吗？

苔丝狄蒙娜 有了很不幸的意见；为了我对凯西奥所抱的好感，我很愿意尽力调解他们。

奥赛罗 该死！

苔丝狄蒙娜 您怎么说，我的主？

奥赛罗 你聪明吗？

苔丝狄蒙娜 什么！他生气了吗？

罗多维科 也许这封信激动了他；因为照我猜想起来，他们是要召唤他回国，叫凯西奥代理他的职务。

苔丝狄蒙娜 真的吗？那好极了。

奥赛罗 当真？

苔丝狄蒙娜 您怎么说，我的主？

奥赛罗 你要是发了疯，我才高兴。

苔丝狄蒙娜 为什么，亲爱的奥赛罗？

奥赛罗 魔鬼！（击苔丝狄蒙娜）

苔丝狄蒙娜 我没有错处，您不该这样对待我。

罗多维科 将军，我要是把这回事情告诉威尼斯人，即使发誓说我亲眼看见，他们也一定不会相信我。这太过分了，向她赔罪吧，她在哭了。

奥赛罗 啊，魔鬼！魔鬼！要是妇人的眼泪有滋生化育的力量，她的每一滴泪都会变成一条鳄鱼。走开，不要让我看见你！

苔丝狄蒙娜 我不愿留在这儿害您生气。（欲去）

罗多维科 真是一位顺从的夫人。将军，请您叫她回来吧。

奥赛罗 夫人！

苔丝狄蒙娜 我的主？

奥赛罗 大人，您要跟她说些什么话？

罗多维科 谁？我吗，将军？

奥赛罗 嗯，您要我叫她回转来，现在她转过来了。她会转来转去，走一步路回一个身；她还会哭，大人，她还会哭；她是非常顺从的，正像您所说，非常顺从。尽管流你的眼泪吧。大人，这信上的意思——好一股装腔作势的劲儿！——是要叫我回去。——你去吧，等会儿我再叫人来唤你。——大人，我服从他们的命令，不日就可以束装上道，回到威尼斯去。——去！滚开！（苔丝狄蒙娜下）凯西奥可以接替我的位置。今天晚上，大人，我还要请您赏光便饭。欢迎您到塞浦路斯来！——山羊和猴子！（下）

罗多维科 这就是为我们整个元老院所同声赞叹，称为全才全德的那位英勇的摩尔人吗？这就是那喜怒之情不能把它震撼的高贵的天性吗？那命运的箭矢不能把它擦伤穿破的坚定的德操吗？

伊阿古 他已经大大变了样子啦。

罗多维科 他的头脑没有毛病吗？他的神经是不是有点儿错乱？

伊阿古 他就是这个样子，我可不愿说他该是怎么个样子。要是他没有他应该有的样子，老天保佑他有吧！

罗多维科 什么！打他的妻子！

伊阿古 真的，那可不大好；可是我但愿知道他对她没有比这更暴虐的行为！

罗多维科 他一向都是这样的吗？还是因为信上的话激怒了他，所以才会有这种以前所没有的过失？

伊阿古 唉！唉！按照我的地位，我实在不便把我所看见所知道的一切说出口来。您不妨留心注意他，他自己的行动就可以说明一切，用不到我多说了。请您跟上去，看他还有些什么花样做出来。

罗多维科 他竟是这样一个人，真使我大失所望啊。（同下）

第二场 城堡中一室

奥赛罗及爱米利娅上。

奥赛罗 那么你没有看见什么吗？

爱米利娅 没有看见，没有听见，也没有疑心到。

奥赛罗 你不是看见凯西奥跟她在一起吗？

爱米利娅 可是我不知道那有什么不对，而且我听见他们两人所说的每一个字。

奥赛罗 什么！他们从来不曾低声耳语吗？

爱米利娅 从来没有，将军。

奥赛罗 也不曾打发你走开吗？

爱米利娅 没有。

奥赛罗 没有叫你去替她拿扇子、手套、面罩，或是什么东西吗？

爱米利娅 没有，将军。

奥赛罗 那可奇了。

爱米利娅 将军，我敢用我的灵魂打赌她是贞洁的。要是您疑心她有非礼的行为，赶快除掉这种思想吧，因为那是您心理上的一个污点。要是哪一个浑蛋把这种思想放进您的脑袋里，让上天罚他变成一条蛇，受永远的诅咒！假如她不是贞洁、贤淑而忠诚的，那么世上没有一个幸福的男人了；最纯洁的妻子，也会变成最丑恶的淫妇。

奥赛罗 叫她到这儿来，去。（爱米利娅下）她的话说得很动听，可是这种惯拉皮条的人，谁都是天生的利嘴。这是一个狡猾的淫妇，一肚子千刁万恶，当着人却会跪下来向天祈祷。我看见过她这一种手段。

爱米利娅偕苔丝狄蒙娜重上。

苔丝狄蒙娜 我的主，您有什么吩咐？

奥赛罗 过来，乖乖。

苔丝狄蒙娜 您要我怎么样？

奥赛罗 让我看看你的眼睛。瞧着我的脸。

苔丝狄蒙娜 这是什么古怪的念头？

奥赛罗 （向爱米利娅）你去干你的事吧，奶奶，把门关了，让我们两人在这儿谈谈心。要是有人来了，你就在门口咳嗽一声。干你的贵营生去吧，快，快！（爱米利娅下）

苔丝狄蒙娜 我跪在您的面前，请您告诉我您这些话是什么意思？我知道您在生气，可是我不懂您的话。

奥赛罗 嘿，你是什么人？

苔丝狄蒙娜 我的主，我是您的妻子，您的忠心不二的妻子。

奥赛罗 来，发一个誓，让你自己死后下地狱吧。因为你的外表太像一个天使了，倘不是在不贞之上，再加一重伪誓的罪名，也许魔鬼们会不敢抓你下去的；所以发誓说你是贞洁的吧。

苔丝狄蒙娜 天知道我是贞洁的。

奥赛罗 天知道你是像地狱一样淫邪的。

苔丝狄蒙娜 我的主，我对谁干了欺心的事？我跟哪一个人有不端的行动？我怎么是淫邪的？

奥赛罗 啊，苔丝狄蒙娜！去！去！去！

苔丝狄蒙娜 唉，不幸的日子！——您为什么哭？您的眼泪是为我而流的吗，我的主？要是您疑心这次奉召回国，是我父亲的主意，请您不要怪我；您要是失去了他，我同样也失去了他。

奥赛罗 要是上天的意思，要让我历受种种的折磨；要是他用诸般的痛苦和耻辱降在我的毫无防卫的头上，把我浸没在贫困的泥沼里，剥夺我的一切自由和希望，我也可以在我的灵魂的一隅之中，找到一滴忍耐的甘露。可是，唉！在这尖酸刻薄的世上，做一个被人戟指笑骂的目标！就连这个，我也还可以容忍；可是我的心灵失去了归宿，我的生命失去了寄托，我的活力的源泉干涸了，变成了蛤蟆们繁育生息的污池！忍耐，你朱唇韶颜的天婴啊，转变你的脸色，让它化成地狱般的狰狞吧！

苔丝狄蒙娜　我希望我在我的尊贵的夫主眼中，是一个贤良贞洁的妻子。

奥赛罗　啊，是的，就像夏天肉铺里的苍蝇一样贞洁，飞来飞去撒它的卵子。你这野草闲花啊！你的颜色是这样娇美，你的香气是这样芬芳，人家看见你嗅到你就会心疼；但愿世上从来不曾有过你！

苔丝狄蒙娜　唉！我究竟犯了些什么我自己也不知道的罪恶呢？

奥赛罗　这一张皎洁的白纸，这一本美丽的书册，是要让人家写上“娼妓”两个字去的吗？犯了什么罪恶！啊，你这人尽可夫的娼妇！我只要一说起你所干的事，我的两颊就会变成两座熔炉，把廉耻烧为灰烬。犯了什么罪恶！天神见了它要掩鼻而过；月亮看见了要羞得闭上眼睛；碰见什么都要亲吻的淫荡的风，也静悄悄躲在岩窟里面，不愿听见人家提起它。犯了什么罪恶！不要脸的娼妇！

苔丝狄蒙娜　天啊，您不该这样侮辱我！

奥赛罗 你不是一个娼妇吗？

苔丝狄蒙娜 不，我发誓我不是，否则我就不是一个基督徒。要是为我的主保持这一个清白的身子，不让淫邪的手把它污毁，要是这样的行为可以使我免去娼妇的恶名，那么我就不是娼妇。

奥赛罗 什么！你不是一个娼妇吗？

苔丝狄蒙娜 不，否则我死后没有得救的希望。

奥赛罗 真的吗？

苔丝狄蒙娜 啊，上天饶恕我们！

奥赛罗 那么我真是多多冒昧了；我还以为你就是那个嫁给奥赛罗的威尼斯的狡猾的娼妇哩。——喂，你这位和圣彼得干着相反差使的，看守地狱门户的奶奶！

爱米利娅重上。

奥赛罗 你，你，对了，你！我们的谈话已经完毕。这几个钱是给你作为酬劳的；请你开了门上的锁，不要泄漏我们的秘密。（下）

爱米利娅 唉！这位老爷究竟在转些什么念头哇？您怎么啦，夫人？您怎么啦，我的好夫人？

苔丝狄蒙娜 我是在半醒半睡之中。

爱米利娅 好夫人，我的老爷到底有些什么心事？

苔丝狄蒙娜 谁？

爱米利娅 我的老爷呀，夫人。

苔丝狄蒙娜 谁是你的老爷?

爱米利娅 我的老爷就是你的丈夫，好夫人。

苔丝狄蒙娜 我没有丈夫。不要对我说话，爱米利娅，我不能哭，我没有话可以回答你，除了我的眼泪。请你今夜把我结婚的被褥铺在我的床上，记好了；再去为我叫你的丈夫来。

爱米利娅 真是变了变了!（下）

苔丝狄蒙娜 我应该受到这样的待遇，全然是应该的。我究竟有些什么不检的行为——哪怕只是一丁点儿，才会引起他的猜疑呢?

爱米利娅率伊阿古重上。

伊阿古 夫人，您有什么吩咐?您怎么啦?

苔丝狄蒙娜 我不知道。小孩子做了错事，做父母的总是用温和的态度，轻微的责罚教训他们；他也应该这样责备我，因为我是一个娇养惯了的孩子，不惯受人家责备的。

伊阿古 怎么一回事，夫人?

爱米利娅 唉!伊阿古，将军口口声声骂她娼妇，用那样难堪的名字加在她的身上，稍有人心的人，谁听见了都不能忍受的。

苔丝狄蒙娜 我应该得到那样一个称呼吗，伊阿古?

伊阿古 什么称呼，好夫人?

苔丝狄蒙娜 就像她说我的主称呼我的那种名字。

爱米利娅 他叫她娼妇。一个喝醉了酒的叫花子，也不会把这种名字加在他的姘妇的身上。

伊阿古 为什么他要这样？

苔丝狄蒙娜 我不知道，我相信我不是那样的女人。

伊阿古 不要哭，不要哭。唉！

爱米利娅 多少名门贵族向她求婚，她都拒绝了；她抛下了老父，离乡背井，远别亲友，结果却只讨他骂一声娼妇吗？这还不叫人伤心吗？

苔丝狄蒙娜 都是我自己命薄。

伊阿古 他太岂有此理了！他怎么会起这种心思的？

苔丝狄蒙娜 天才知道。

爱米利娅 我可以打赌，一定有一个万劫不复的恶人，一个爱管闲事鬼讨好的家伙，一个说假话骗人的奴才，因为要想钻求差使，造出这样的谣言来；要是我的话说得不对，我愿意让人家把我吊死。

伊阿古 呸！哪里有这样的人？一定不会的。

苔丝狄蒙娜 要是果然有这样的人，愿上天宽恕他！

爱米利娅 宽恕他！一条绳子箍住他的颈项，地狱里的恶鬼咬碎他的骨头！他为什么叫她娼妇？谁跟她在一起？什么所在？什么时候？什么方式？什么根据？这摩尔人一定是上了不知哪一个千刁万恶的坏人的当，一个下流的大浑蛋，一个卑鄙的家伙！天啊！愿你揭破这种家伙的嘴脸，让每一个老实人的手里都拿一条鞭子，把这些浑蛋们脱光了衣服一顿抽，从东方一直抽到西方！

伊阿古 别嚷得给外边都听见了。

爱米利娅 哼，可恶的东西！前回弄昏了你的头，使你疑心我跟这摩尔人有暧昧的，也就是这种家伙。

伊阿古 好了，好了，你是个傻瓜。

苔丝狄蒙娜 好伊阿古啊，我应当怎样重新取得我的丈夫的欢心呢？好朋友，替我向他解释解释；因为凭着天上的太阳起誓，我实在不知道我怎么会失去他的宠爱。我对天下跪，要是在思想上行动上，我曾经有意背弃他的爱情；要是我的眼睛，我的耳朵，或是我的任何感觉，曾经对别人发生爱悦；要是我在过去、现在和将来，不是那样始终深深地爱着他，即使他把我弃如敝屣，也不因此而改变我对他的忠诚。要是我果然有那样的过失，愿我终身不能享受快乐的日子！无情可以给人重大的打击；他的无情也许会摧残我的生命，可是永不能毁坏我的爱情。我不愿提起“娼妇”两个字，一说起它就会使我心生憎恶，更不用说亲自去干那博得这种丑名的行为了；整个世界的荣华也不能诱动我。

伊阿古 请您宽心，这不过是他一时的心绪恶劣，在国事方面受了点儿刺激，所以跟您怄起气来啦。

苔丝狄蒙娜 要是没有别的原因——

伊阿古 只是为了这个原因，我可以保证。（喇叭声）听！喇叭在吹

晚餐的信号了；威尼斯的使者在等候进餐。进去，不要哭，一切都会圆满解决的。（苔丝狄蒙娜、爱米利娅下）

罗德利哥上。

伊阿古 啊，罗德利哥！

罗德利哥 我看你全然在欺骗我。

伊阿古 我怎么欺骗你？

罗德利哥 伊阿古，你每天在我面前捣鬼，把我支吾过去；照我现在看起来，你非但不给我开一线方便之门，反而使我的希望一天一天微薄下去。我实在忍不住了。为了自己的愚蠢，我已经吃了不少的苦，这一笔账我也不能就此善罢甘休。

伊阿古 你愿意听我说吗，罗德利哥？

罗德利哥 哼，我已经听得太多了。你的说话和行动是不相符合的。

伊阿古 你太冤枉人啦。

罗德利哥 我一点儿没有冤枉你。我的钱都花光啦。你从我手里拿去送给苔丝狄蒙娜的珠宝，即使一个修女也会被它诱惑的；你对我说她已经收下了，告诉我不久就可以得到喜讯，可是到现在还不见一点儿动静。

伊阿古 好，算了，很好。

罗德利哥 很好！算了！我不能就此算了，朋友，这事情也不很好。我举手起誓，这种手段太卑鄙，我开始觉得我自己受了骗了。

伊阿古 很好。

罗德利哥 我告诉你这事情不很好。我要亲自去见苔丝狄蒙娜，要是她肯把我的珠宝还我，我愿意死了这片心，忏悔我这种非礼的追求；要不然的话，你留心点儿吧，我一定要跟你算账。

伊阿古 你现在话说完了吧？

罗德利哥 嗯，我的话都是说过就做的。

伊阿古 好，现在我才知道你是一个有骨气的人；从这一刻起，你已经使我比从前加倍看重你了。把你的手给我，罗德利哥。你责备我的话，都是非常有理；可是我还要声明一句，我替你干这件事情，的的确确是尽忠竭力，不敢昧一点儿良心的。

罗德利哥 那还没有事实的证明。

伊阿古 我承认还没有事实的证明，你的疑心不是没有理由的。可是，罗德利哥，要是你果然有决心，有勇气，有胆量——我现在相信你一定有的——今晚你就可以表现出来；要是明天夜里你不能享用苔丝狄蒙娜，你可以用无论什么恶毒的手段、阴险的计谋，取去我的生命。

罗德利哥 好，你要我怎么干？是说得通做得到的事吗？

伊阿古 老兄，威尼斯已经派了专使来，叫凯西奥代替奥赛罗的职位。

罗德利哥 真的吗？那么奥赛罗和苔丝狄蒙娜都要回威尼斯去了。

伊阿古 啊，不，他要到毛里塔尼亚去，把那美丽的苔丝狄蒙娜一起带走，除非这儿出了什么事，使他耽搁下来。最好的办法，是把凯西奥除掉。

罗德利哥　你说把他除掉是什么意思？

伊阿古　砸碎他的脑袋，让他不能担任奥赛罗的职位。

罗德利哥　那就是你要我去干的事吗？

伊阿古　嗯，要是你敢做一件对你自己有利益的事。他今晚在一个妓女家里吃饭，我也要到那边去见他。现在他还没有知道他自己的好运。我可以设法让他在十二点钟到一点钟之间从那边出来，你只要留心在门口守候，就可以照你的意思把他处置；我就在附近接应你，他在我们两人之间一定逃不了。来，不要发呆，跟我去；我可以告诉你为什么他的死是必要的，你听了就会知道这是你的一件无可推辞的行动。现在正是晚餐的时候，夜过去得很快，准备起来吧。

罗德利哥　我还要听一听你要叫我这样做的理由。

伊阿古　我一定可以向你解释明白。（同下）

第三场　城堡中另一室

奥赛罗、罗多维科、苔丝狄蒙娜、爱米利娅及侍从等上。

罗多维科　将军请留步吧。

奥赛罗　啊，没有关系，散散步对我也是很有好处的。

罗多维科 夫人，晚安，谢谢您的盛情。

苔丝狄蒙娜 大驾光临，我们是十分欢迎的。

奥赛罗 请吧，大人。啊！苔丝狄蒙娜——

苔丝狄蒙娜 我的主？

奥赛罗 你快进去睡吧，我马上就回来的。把你的侍女们打发开了，不要忘记。

苔丝狄蒙娜 是，我的主。（奥赛罗、罗多维科及侍从等下）

爱米利娅 怎么？他现在的脸色温和得多啦。

苔丝狄蒙娜 他说他就会回来的。他叫我去睡，还叫我把你遣开。

爱米利娅 把我遣开！

苔丝狄蒙娜 这是他的吩咐。所以，好爱米利娅，把我的睡衣给我，你去吧，我们现在不能再惹他生气了。

爱米利娅 我希望您当初并不和他相识！

苔丝狄蒙娜 我却不希望这样；我是那么欢喜他，即使他的固执，他的呵斥，他的怒容——请你替我取下衣上的扣针——在我看来也是可爱的。

爱米利娅 我已经照您的吩咐，把那些被褥铺好了。

苔丝狄蒙娜 很好。天哪！我们的思想是多么傻！要是我比你先死，请你就把那些被褥做我的殓衾。

爱米利娅 得啦得啦，您在说呆话。

苔丝狄蒙娜 我的母亲有一个侍女名叫巴巴拉，她跟人家有了恋爱；她的爱人发了疯，把她丢了。她有一支《杨柳歌》，那是一支古老的曲调，可是正好说中了她的命运；她到死的时候，嘴里还在唱着它。那支歌今天晚上老是萦回在我的脑际；我的烦乱的心绪，使我禁不住侧下我的头，学着可怜的巴巴拉的样子把它歌唱。请你赶快点儿。

爱米利娅 我要不要就去把您的睡衣拿来？

苔丝狄蒙娜 不，先替我取下这儿的扣针。这个罗多维科是一个俊美的男子。

爱米利娅 一个很漂亮的人。

苔丝狄蒙娜 他的谈吐很好。

爱米利娅 我知道威尼斯有一个女郎，愿意赤脚步行到巴勒斯坦，就只为了能碰一碰他的下嘴唇。

苔丝狄蒙娜 （唱）可怜的她坐在枫树下啜泣，

歌唱那青青杨柳；

她手抚着胸膛，她低头靠膝，

唱杨柳，杨柳，杨柳。

清澈的流水吐出她的呻吟，

唱杨柳，杨柳，杨柳；

她的热泪融化了顽石的心——

把这些放在一旁。——（唱）

唱杨柳，杨柳，杨柳。

快一点儿，他就要来了。——（唱）

青青的柳枝编成一个翠环；

不要怪他，我甘心受他笑骂——

不，下面一句不是这样的。听！谁在打门？

爱米利娅 是风哩。

苔丝狄蒙娜 （唱）我叫情哥负心郎，他又怎讲？

唱杨柳，杨柳，杨柳。

我见异思迁，由你另换情郎。

你去吧，晚安。我的眼睛在跳，那是哭泣的预兆吗？

爱米利娅 没有这样的事。

苔丝狄蒙娜 我听见人家这样说。啊，这些男人！这些男人！凭你的良心说，爱米利娅，你想世上有没有背着丈夫干这种坏事的女人？

爱米利娅 怎么没有？

苔丝狄蒙娜 你愿意为了整个世界的财富而干这种事吗？

爱米利娅 难道您不愿吗？

苔丝狄蒙娜 不，凭着天上的月光起誓！你愿意为了整个的世界而干这种事吗？

爱米利娅 世界是一件很大的东西；干一件小小的坏事，换取这样大大的好处是合算的。

苔丝狄蒙娜 真的，我想你不会。

爱米利娅　真的，我想我应该干的。为了一枚对合的戒指、几匹麻布或是几件衣服、几件裙子、一两顶帽子以及诸如此类的小玩意儿而叫我干这种事，我当然不愿。可是为了整个世界，谁不愿意为了让她的丈夫当皇帝而先让他当乌龟呢？我就是因此而下炼狱，也是甘心的。

苔丝狄蒙娜　我要是为了整个的世界，会干出这种丧心的事来，一定不得好死。

爱米利娅　世间的是非本来没有定准；您因为干了一件错事而得到整个的世界，在您自己的世界里，您还不能把是非颠倒过来吗？

苔丝狄蒙娜　我想世上不会有那样女人的。

爱米利娅　不仅有，还多着呢，多得能把她们靠风流手段换来的世界塞得满满的。照我想来，妻子的堕落总是丈夫的过失：要是他们疏忽了自己的责任，把我们所珍爱的东西浪掷在外人的怀里，或是无缘无故吃起醋来，约束我们行动的自由或是殴打我们，削减我们的花粉钱，我们也是有脾气的，就是生就温柔的天性，到了一个时候也是会复仇的。让做丈夫的人们知道，他们的妻子也和他们有同样的感觉：她们的眼睛也能辨别美恶，她们的鼻子也能辨别香臭，她们的舌头也能辨别甜酸，正像她们的丈夫们一样。他们厌弃了我们，别寻新欢，是为了什么缘故呢？是逢场作戏吗？我想是的。是因为爱情的驱使吗？我想也是的。还是因为喜新厌旧的人类常情吗？那也是一个理由。

那么难道我们就不会对别人发生爱情，难道我们就没有逢场作戏的欲望，难道我们就不是喜新厌旧，跟男人们一样？所以让他们好好对待我们吧；否则我们要让他们知道，我们所干的坏事都是出于他们的指教。

苔丝狄蒙娜 晚安，晚安！愿上天监视我们的言行；我不愿以恶为师，我只愿鉴非自警！（各下）

第五幕

第一场　塞浦路斯。街道

伊阿古及罗德利哥上。

伊阿古　来，站在这堵披屋后面。他就会来的。把你的宝剑拔出鞘，看准要害刺过去。快，快，不要怕，我就在你旁边。成功失败，在此一举，你得下定决心。

罗德利哥　不要走开，也许我会失手。

伊阿古　我就在这儿，你的近旁。胆子放大些，站定了。（退后）

罗德利哥　我对于这件事情不是顶热心，可是他讲的理由十分充足。反正不过去掉了一个人。出来，我的剑，他必须死！

伊阿古　我已经激动这小脓包的心，他居然动起怒来了。不管是他杀死凯西奥，还是凯西奥杀死他，或者两败俱伤，对于我都是有好处的。要是罗德利哥活在世上，他总有一天要向我讨还那许多我从他手里拿过来说是送给苔丝狄蒙娜的金银珠宝；这可断断不能。要是凯西奥活在世上，他那种翩翩风度，叫我每天都要在他的旁边相形见绌；而且那摩尔人万一向他当面质问起来，我的阴谋就会暴露，那时候我的地位就非常危险了。不，他非死不可。就这样吧。我听见他来了。

凯西奥上。

罗德利哥 我认识他走路的姿势，正是他。——恶人，你给我死吧！（挺剑刺凯西奥）

凯西奥 幸亏我穿着一身好甲，否则那一剑一定会致我的死命。让我也来试一试你的甲牢不牢吧。（拔剑刺伤罗德利哥）

罗德利哥 啊，我死了！（伊阿古自后刺伤凯西奥腿，下）

凯西奥 我从此终身残疾了！救命啊！杀了人啦！杀了人啦！（倒地）

奥赛罗上。

奥赛罗 凯西奥的声音。伊阿古果然没有失信。

罗德利哥 啊，我真是个恶人！

奥赛罗 一点儿不错。

凯西奥 啊，救命啊！拿火来！找一个医生！

奥赛罗 正是他。勇敢正直的伊阿古哇，你这样奋不顾身，为你的朋友复仇雪耻，真是难得！你给我一个教训了。贱人，你心爱的人已经死在这儿，你的末日就在眼前。娼妇，我来了！从我的心头抹去你的媚眼的魔力，让淫邪的血溅洒你那被淫邪玷污

了的枕席。（下）

罗多维科及葛莱西安诺上。

凯西奥 喂！怎么！没有巡夜的逻卒？没有过路的行人？杀了人啦！杀了人啦！

葛莱西安诺 出了什么乱子啦？这叫声很是凄惨。

凯西奥 救命啊！

罗多维科 听！

罗德利哥 啊，该死的恶人！

罗多维科 两三个人在那儿呻吟。这是一个很阴沉的黑夜，也许他们是故意装出来的，我们人手孤单，冒冒失失过去恐怕不大安全。

罗德利哥 没有人来吗？那么我要流血而死了！

罗多维科 听！

伊阿古持火炬重上。

葛莱西安诺 有一个人穿着衬衫，一手拿火，一手举着武器来了。

伊阿古 那边是谁？什么人在那儿喊杀人？

罗多维科 我们不知道。

伊阿古 你们听见一个呼声吗？

凯西奥 这儿，这儿！看在上天面上，救救我！

伊阿古 怎么一回事？

葛莱西安诺 这个人好像是奥赛罗麾下的旗官。

罗多维科 正是，一个很勇敢的汉子。

伊阿古 你是什么人，在这儿叫喊得这样凄惨？

凯西奥 伊阿古吗？啊，我被恶人算计，害得我不能做人啦！救救我！

伊阿古 哎哟，副将！这是什么恶人干的事？

凯西奥 我想有一个暴徒还在这儿，他逃不了。

伊阿古 啊，可恶的奸贼！（向罗多维科、葛莱西安诺）你们是什么人？过来帮帮忙。

罗德利哥 啊，救救我！我在这儿。

凯西奥 他就是恶党中的一人。

伊阿古 好一个杀人的凶徒！啊，恶人！（刺罗德利哥）

罗德利哥 啊，万恶的伊阿古！没有人心的狗！

伊阿古 在暗地里杀人！这些凶恶的贼党都在哪儿？这地方多么寂静！喂！杀了人啦！杀了人啦！你们是什么人？是好人还是坏人？

罗多维科 请你自己判断我们吧。

伊阿古 罗多维科大人吗？

罗多维科 正是，老总。

伊阿古 恕我失礼了。这儿是凯西奥，被恶人们刺伤，倒在地上。

葛莱西安诺 凯西奥！

伊阿古 怎么样，兄弟？

凯西奥 我的腿断了。

伊阿古 哎哟，罪过罪过！两位先生，请替我照火；我要用我的衫子把它包扎起来。

比恩卡上。

比恩卡 喂，什么事？谁在这儿叫喊？

伊阿古 谁在这儿叫喊！

比恩卡 哎哟，我的亲爱的凯西奥！我的温柔的凯西奥！啊，凯西奥！凯西奥！凯西奥！

伊阿古 哼，你这声名狼藉的娼妇！凯西奥，照你猜想起来，向你下这样毒手的大概是些什么人？

凯西奥 我不知道。

葛莱西安诺 我正要来找你，谁料你会遭逢这样的祸事，真是恼人！

伊阿古 借给我一条吊袜带。好。啊，要是有一把椅子，让他舒舒服服躺在上面，把他抬去才好！

比恩卡 哎哟，他晕过去了！啊，凯西奥！凯西奥！凯西奥！

伊阿古 两位先生，我很疑心这个贱人也是那些凶徒们的同党。——忍耐点儿，好凯西奥。——来，来，借我一个火。我们认不认识这一张脸？哎哟！是我的同国好友罗德利哥吗？不。唉，果然是他！天哪！罗德利哥！

葛莱西安诺 什么！威尼斯的罗德利哥吗？

伊阿古 正是他，先生。你认识他吗？

葛莱西安诺 认识他！我怎么不认识他？

伊阿古 葛莱西安诺先生吗？请您原谅，这些流血的惨剧，使我礼貌不周，失敬得很。

葛莱西安诺 哪儿的话，我很高兴看见您。

伊阿古 你怎么啦，凯西奥？啊，来一把椅子！来一把椅子！

葛莱西安诺 罗德利哥！

伊阿古 他，他，正是他。（从者携椅上）啊！很好，椅子。几个人把他小心抬走；我就去找军医官来。（向比恩卡）你，奶奶，你也不用装腔作势啦。——凯西奥，死在这儿的这个人是我的好朋友。你们两人有些什么仇恨？

凯西奥 一点儿没有，我根本不认识这个人。

伊阿古 （向比恩卡）什么！你脸色变白了吗？——啊！把他抬到避风的地方。（众抬凯西奥、罗德利哥二人下）等一等，两位先生。奶奶，你脸色变白了吗？你们看见她眼睛里这一股惊慌的神气吗？哼，要是你这样睁大了眼睛，我们还要等着听一些新鲜的话儿哩。留心瞧着她。你们瞧，你们看见吗，两位先生？哼，犯罪的人不说话，他的罪行也终将大白于天下的。

爱米利娅 唉！出了什么事啦？出了什么事啦，丈夫？

伊阿古 凯西奥在这儿黑暗之中，被罗德利哥和几个在逃的同党袭击；他几乎送了性命，罗德利哥已经死了。

爱米利娅 哎哟，好一位绅士！哎哟，好凯西奥！

伊阿古 这是他爱嫖的结果。爱米利娅，你去问问凯西奥，他今天晚上在什么地方吃饭的。——什么！你听了这句话就发抖吗？

比恩卡 他在我家里吃饭，可是我并没有因此而发抖。

伊阿古 噢，他在你家里吃饭？你跟我走！

爱米利娅 呸，呸，你这不要脸的娼妇！

比恩卡 我不是娼妇，我跟你一样清白。

爱米利娅 跟我一样清白！呸！不要脸！

伊阿古 两位好先生，让我们去帮助帮助可怜的凯西奥，替他把伤口扎好。来，奶奶，你必须对我们讲老实话。爱米利娅，你快奔到城堡里去，告诉将军和夫人这儿发生了什么事。你们先请吧。（*旁白*）今夜是我的命运所寄，倘不能青云直上，就要一败涂地。（*同下*）

第二场 城堡中的卧室

苔丝狄蒙娜睡床上，奥赛罗持灯上。

奥赛罗 只是为了一个原因，只是为了一个原因，我的灵魂！纯洁的星星啊，让我不要向你们说出这个原因！只是为了这一个原因……可是我不愿溅她的血，也不愿毁伤她那比白雪更皎洁、比石膏更腻滑的肌肤。可是她不能不死，否则她将要陷害更多的男子。让我熄灭了这一盏灯，然后再熄灭你的生命之灯。融融的灯光啊，我把你吹熄以后，要是我心生后悔，仍旧可以把你重新点亮；可是你，造化最精美的样本啊，你的火焰一旦熄灭，我不知道什么地方有那天上的神火，能够燃起你原来的光彩！我摘下了蔷薇，就不能再给它已失的生机，只好让它枯萎凋谢；当它还在枝头的时候，我要嗅一嗅它的芳香。（吻苔丝狄蒙娜）啊，甘美的气息！你几乎诱动公道的心，使她折断她的利剑了！再一个吻，再一个吻。愿你到死都是这样；我要杀死你，然后再爱你。再一个吻，这是最后的一吻了；这样销魂，却又是这样无比的惨痛！我必须哭泣，然而这些是无情的眼泪。这一阵阵悲伤是神圣的，因为它要惩罚的正是它最疼爱的。她醒来了。

苔丝狄蒙娜 谁？奥赛罗吗？

奥赛罗 嗯，苔丝狄蒙娜。

苔丝狄蒙娜 您要睡了吗，我的主？

奥赛罗 你今晚有没有祈祷过，苔丝狄蒙娜？

苔丝狄蒙娜 祈祷过了，我的主。

奥赛罗 要是你想到在你的一生之中，还有什么罪恶不曾为上帝所宽宥，赶快恳求他的恩赦吧。

苔丝狄蒙娜 哎哟！我的主，您这句话是什么意思？

奥赛罗 嘿，祈祷吧，干脆点儿，我就在一旁等着你。我不愿杀害你的没有准备的灵魂，不，上天禁止这种罪行！我不愿杀害你的灵魂。

苔丝狄蒙娜 您在说杀人的话吗？

奥赛罗 嗯，是的。

苔丝狄蒙娜 那么愿上天垂怜于我！

奥赛罗 阿门，但愿如此！

苔丝狄蒙娜 要是您这样说，我希望您不至于把我杀死。

奥赛罗 哼！

苔丝狄蒙娜 可是我怕您，因为您的眼珠这样滚转的时候，您已是动了杀机。我不知道我为什么害怕，因为我不知道我有什么罪，可是我觉得害怕。

奥赛罗 想想你的罪恶吧。

苔丝狄蒙娜 除非我对您的爱是罪恶，我不知道我有什么罪恶。

奥赛罗 好，你必须因此而死。

苔丝狄蒙娜 为了爱而被杀，那样的死是违反人情的。唉！您为什么这样咬着您的下唇呢？一种饮血的欲念震撼您的全身，这便是它的征兆；可是我希望，我希望您的怒气不是对我而发。

奥赛罗 闭嘴，不要作声！

苔丝狄蒙娜 是。可是请您告诉我究竟为了什么事？

奥赛罗 你把我给你的那条我的心爱的手帕送给凯西奥。

苔丝狄蒙娜 不，凭着我的生命和灵魂起誓！您叫他来问好了。

奥赛罗 好人儿，留心不要发伪誓，你已经死在眼前了。

苔丝狄蒙娜 不，我现在还不能死。

奥赛罗　你必须立刻死，所以赶快坦白招认你的罪恶吧；即使你发誓否认每一件事实，也不能除去那使我痛心的坚强的确信。你必须死。

苔丝狄蒙娜　那么愿上帝垂怜于我！

奥赛罗　阿门。

苔丝狄蒙娜　愿您也大发慈悲！我生平从不曾得罪过您，也从不曾用上天所不容的非分的爱情滥施在凯西奥的身上；我没有给过他什么东西。

奥赛罗　苍天在上，我亲眼看见我的手帕在他的手里。欺罔神明的妇人！你使我的心变成坚硬；我本来想把你作为献祭的牺牲，现在却被你激起我的屠夫的恶念来了。我明明看见那手帕的。

苔丝狄蒙娜　那么是他在什么地方拾到的，我没有给他。叫他到这儿来，让他供认事实的真相。

奥赛罗　他已经承认了。

苔丝狄蒙娜　承认什么，我的主？

奥赛罗　承认他已经和你发生关系。

苔丝狄蒙娜　怎么？非法的关系吗？

奥赛罗　嗯。

苔丝狄蒙娜　他不会这样说的。

奥赛罗　是的，他的嘴已经闭住，正直的伊阿古已经把他解决了。

苔丝狄蒙娜　啊，我的恐惧竟成事实！什么！他死了吗？

奥赛罗　即使他每一根头发里都有生命，我的复仇的怒火也会把它们一起吞下。

苔丝狄蒙娜　唉！他被人陷害，我的一生也从此断送了！

奥赛罗　不要脸的娼妇！你当着我的面为他哭泣吗？

苔丝狄蒙娜　啊，我的主，把我放逐，可是不要杀我！

奥赛罗　倒下，娼妇！

苔丝狄蒙娜　明天杀我，让我活过今天！

奥赛罗　不，要是你想挣扎——

苔丝狄蒙娜　给我半点钟的时间！

奥赛罗　已经决定了，没有挽回的余地。

苔丝狄蒙娜　可是让我做一次祷告吧！

奥赛罗　太迟了。（扼苔丝狄蒙娜咽喉）

爱米利娅　（在内）将军，将军！喂！将军，将军！

奥赛罗　这是什么声音？没有死吗？还没有完全死去吗？我虽然狠心，却还有几分慈悲；我不愿你多挨受一刻痛苦。好，好。

爱米利娅　（在内）喂！将军，将军！

奥赛罗　哪一个？

爱米利娅　（在内）啊，将军！我要跟您说句话儿。

奥赛罗　是的，这是爱米利娅。——等一等。——她死了。她大概是来通报凯西奥的死讯。外边已经听得见嘈杂的声音。嘿！一动也不动了吗？像坟墓一样沉寂。要不要让她进来？妥当不妥当？我想她又在动了。不。怎么办呢？要是她进来，她一定要跟我的妻子说话。我的妻子！我的妻子！什么妻子？我没有妻子。啊，难堪！啊，不幸的时辰！我想现在日月应该晦暗不明，受惊的地球看见这种非常的灾变，也要吓得目瞪口呆。

爱米利娅 （*在内*）啊，好将军！请您让我进来对您说句话儿。

奥赛罗 我忘记了。啊，进来，爱米利娅。慢慢，等一等。让我把帐幕拉下来。你在哪儿？（*启锁开门*）

爱米利娅上。

奥赛罗 现在你可有什么事？

爱米利娅 啊，好将军！那边出了杀人命案啦！

奥赛罗 什么！现在？

爱米利娅 就是刚才，将军。

奥赛罗 那都是因为月亮走错了轨道，比平常更近地球，所以人们都发起疯来了。

爱米利娅 将军，凯西奥杀死了一个名叫罗德利哥的威尼斯青年。

奥赛罗 罗德利哥被杀了！凯西奥也被杀了吗？

爱米利娅 不，凯西奥没有死。

奥赛罗 凯西奥没有死！那么杀人的计划出了差错，痛快的复仇又有了变卦啦。

苔丝狄蒙娜 啊，死得好冤枉啊！

爱米利娅 哎哟！那是什么呼声？

奥赛罗　那！什么？

爱米利娅　哎哟！那是夫人的声音。救命！救命啊！救命！啊，夫人，再说一声话儿！亲爱的苔丝狄蒙娜！啊，亲爱的夫人，说呀！

苔丝狄蒙娜　我是无罪而死的。

爱米利娅　啊！这是谁干的事？

苔丝狄蒙娜　谁也没有干，是我自己。再会吧，替我向我的仁慈的夫君致意。啊，再会吧！（死）

奥赛罗　啊！她怎么会被人杀死的？

爱米利娅　唉！谁知道？

奥赛罗　你听见她说是她自己，我没有杀死她。

爱米利娅　她是这样说，我只好按照事实去报告。

奥赛罗　她到地狱的火焰里去，还不愿说一句真话。杀死她的是我。

爱米利娅　啊，那么她尤其是一个天使，你尤其是一个黑魔鬼了！

奥赛罗　她干了无耻的事，她是个淫妇。

爱米利娅　你冤枉她，你是个魔鬼。

奥赛罗　她像水一样轻浮。

爱米利娅　你说她轻浮，你自己才像火一样粗暴。啊，她是圣洁而忠贞的！

奥赛罗　凯西奥干了她，不信你去问你的丈夫吧。啊，要是我采取这种极端的手段，并没有正当的理由，死后就要永远堕入地狱的底层！你的丈夫一切全都知道。

爱米利娅 我的丈夫！

奥赛罗 你的丈夫。

爱米利娅 他知道她不守贞节吗？

奥赛罗 嗯，他知道她跟凯西奥有暧昧。嘿，要是她是个贞洁的妇人，即使上帝为我用一颗完整的宝石另外造一个世界，我也不愿用她去交换。

爱米利娅 我的丈夫！

奥赛罗 嗯，他最初告诉我这件事。他是个正人君子，他痛恨卑鄙龌龊的行为。

爱米利娅 我的丈夫！

奥赛罗 妇人，为什么把这句话说了又说呢？我是说你的丈夫。

爱米利娅 啊，夫人！你因为多情，受了奸人的愚弄了！我的丈夫说她不贞！

奥赛罗 正是他，妇人，我说你的丈夫，你懂得这句话吗？我的朋友，你的丈夫，正直的，正直的伊阿古。

爱米利娅 要是他果然说了这样的话，愿他恶毒的灵魂每天一分一寸地糜烂！他全然胡说！她对于她的最卑鄙的野蛮人是太痴心了。

奥赛罗 嘿！

爱米利娅 随你把我怎么样吧。你配不上这样的好妻子，你这种行为是上天所不容的。

奥赛罗 还不闭嘴！

爱米利娅 你没有半分力量可以伤害我，我也不会让人欺侮。啊，笨伯！傻瓜！泥土一样蠢的家伙！你已经做了一件大大不该的事——我不怕你的剑；我要宣布你的罪恶，即使我将要因此而丧失二十条生命。救命！救命啊！救命！摩尔人杀死了夫人啦！杀了人啦！杀了人啦！

蒙太诺、葛莱西安诺、伊阿古及余人等上。

蒙太诺 什么事？怎么，将军！

爱米利娅 啊！你来了吗，伊阿古？你做得好事，人家都把杀人的罪名架在你头上啦！

葛莱西安诺 什么事？

爱米利娅 你倘是个汉子，赶快否认这恶人所说的话吧；他说你告诉他他的妻子不贞。我知道你不会说这种话，你还不会是这样一个恶人。说吧，我的心都要胀破了。

伊阿古 我不过把我自己的意思告诉他，我对他所说的话，已经由他自己证实了。

爱米利娅 可是你有没有对他说她是不贞的？

伊阿古 我对他说过。

爱米利娅 你说谎，一个可憎的、万恶不赦的谎！凭着我的灵魂起誓，一个谎，一个罪恶的谎！她跟凯西奥私通！你说她跟凯西奥私通吗？

伊阿古　跟凯西奥私通，太太。好了好了，收住你的舌头吧。

爱米利娅　我不收住我的舌头，我必须说话。夫人在这床上给人谋杀了。

众人　啊，哪会有这样的事！

爱米利娅　都是你造的谣言，引起这场血案。

奥赛罗　各位不必惊慌，这事情是真的。

葛莱西安诺　真有这样的事，那可奇了！

蒙太诺　啊，骇人的行为！

爱米利娅　诡计！诡计！诡计！我现在想起来了。啊，诡计！那时候我就有些怀疑，我要伤心死了！啊，诡计！诡计！

伊阿古　什么！你疯了吗？快给我回家去！

爱米利娅　各位先生，让我有一个说话的机会。照理我应该服从他，可是现在却不能服从他。也许，伊阿古，我永远不再回家了。

奥赛罗　啊！啊！啊！（扑卧床上）

爱米利娅　哼，你躺下来哭叫吧，因为你已经杀死一个世间最温柔纯洁的人。

奥赛罗　啊，她是淫污的！我简直不认识您啦，叔父。那边躺着您的侄女，她的呼吸刚才被我这双手扼断；我知道这件行为在世人眼中看起来是惊人而残酷的。

葛莱西安诺　可怜的苔丝狄蒙娜！幸亏你父亲已经死了；你的婚事

是他致死的原因，悲伤摧折了他衰老的生命。要是他现在还活着，看见这种惨状，一定会干出一些疯狂的事情来的。他会诅咒天地，赶走身边的保护天使，毁灭了自己的灵魂。

奥赛罗　这诚然是一件伤心的事，可是伊阿古知道她曾经跟凯西奥干过许多回无耻的勾当，凯西奥自己也承认了。她还把我的定情礼物送给凯西奥，表示接受他的献媚。我看见它在他的手里；那是一方手帕，我父亲给我母亲的一件古老的纪念品。

爱米利娅　天啊！天上的神明啊！

伊阿古　算了，闭住你的嘴！

爱米利娅　事情总会暴露的，事情总会暴露的。闭住我的嘴？不，不，我要像北风一样自由地说话；让天神、世人和魔鬼全都把我嘲骂羞辱，我也要说我的话。

伊阿古　放明白一些，回家去吧。

爱米利娅　我不愿回家。（*伊阿古拔剑欲刺爱米利娅*）

葛莱西安诺　呸！你向一个妇人动武吗？

爱米利娅　你这愚笨的摩尔人啊！你所说起的那方手帕，是我偶然拾到，把它给了我的丈夫的；虽然那只是一件小小的东西，他却几次三番恳求我给他偷了来。

伊阿古　长舌的淫妇！

爱米利娅　她送给凯西奥！唉！不，是我拾到了，把它交给我的丈夫的。

伊阿古 贱人，你说谎！

爱米利娅 苍天在上，我没有说谎，我没有说谎，各位先生。杀人的傻瓜啊！像你这样一个蠢材，怎么配得上这样好的妻子呢？

奥赛罗 天上没有石块，可以像雷霆一样打下来吗？好一个奸贼！（向伊阿古扑奔；蒙太诺缴下奥赛罗手中武器；伊阿古刺爱米利娅逃下）

葛莱西安诺 这妇人倒下来了；他把他的妻子杀死了。

爱米利娅 是，是，啊！把我放在夫人的一旁吧！

葛莱西安诺 他去了，他的妻子给他杀了。

蒙太诺 这是一个罪大恶极的凶徒。你把这一柄我从这摩尔人手里夺下来的剑拿了。来，在门外看守好了，别让他出去；他要是想逃走，尽管把他杀死。我要去追那恶人，那是一个不可宽恕的家伙。（蒙太诺、葛莱西安诺下）

奥赛罗 我的勇气也离我而去了，每一个孱弱的懦夫都可以夺下我的剑来。可是奸恶既然战胜了正直，哪里还会有荣誉存在呢？让一切都归于幻灭吧！

爱米利娅 你的歌儿是一个预兆吗，夫人？听，你听不听得见我的声音？我要像天鹅一般在歌声里死去。（唱）

杨柳，杨柳，杨柳……

摩尔人，她是贞洁的；她爱你，狠心的摩尔人。我说的是真话，愿我的灵魂享受天福；我的话是跟我的思想一致的。我

死了，我死了。（死）

奥赛罗 我还有一柄剑在这屋子里，那是一柄用冰泉的水所浸炼的西班牙宝剑。啊，在这儿！叔父，我一定要出来。

葛莱西安诺 （在内）你要是敢试一试，就得付重大的代价；你没有武器，只好屈服。

奥赛罗 那么进来瞧瞧我吧，我有话对你说；否则我虽然没有武器，也只好不顾一切跟你拼一下了。

葛莱西安诺重上。

葛莱西安诺 什么事？

奥赛罗 瞧！我有一柄剑，从来不曾在一个战士的身边佩带过一柄比它更好的剑。凭着这小小一只手臂和这一柄利剑，我曾经冲破二十倍于你们这样人数的包围；可是，无聊的夸口啊！谁能主宰他自己的命运呢？现在我已经没有那样的本领了。虽然你看我拿着武器，可是不用害怕，这儿是我的旅途的终点，我的航程的最后的目标。你吓得退走了吗？这是不必要的惊恐；谁只要拿一棵灯草向奥赛罗的胸前挺了过来，他也会向后退缩的。奥赛罗应该到什么地方去呢？——啊，让我再看看你的脸庞吧，薄命的女郎！像你的衬衣一样惨白！我们在天庭对簿的时候，你这一副脸色就可以把我的灵魂赶下天堂，让魔鬼把它抓去。你的全身冰冷，我的恋人！正像你的贞洁一样凛若寒霜。啊，该死的，该死的奴才！魔鬼啊，把我从这天仙一样美人的面前鞭逐出去吧！让狂风把我吹卷，硫黄把我熏烤，沸汤的深渊把我沉浸！啊，苔丝狄蒙娜！苔丝狄蒙娜！死了！啊！啊！啊！

罗多维科、蒙太诺、二侍从以卧椅抬凯西奥上；警吏等押伊阿古同上。

罗多维科 这鲁莽而不幸的人在哪儿？

奥赛罗 那就是从前的奥赛罗；我在这儿。

罗多维科 那条毒蛇呢？把这恶人带上来。

奥赛罗 据说魔鬼的脚是分趾的，让我看看他的脚是不是这样。要是你真的是一个魔鬼，我也不能杀死你。（刺伤伊阿古）

罗多维科 把他手里的剑夺下来。

伊阿古 我不过流了点儿血，还没有给他杀死。

奥赛罗 那也好，我要你留着活命；因为在我看来，死倒是一桩幸福。

罗多维科 啊，奥赛罗！你本来是一个很好的汉子，却会中一个万恶的奸人的诡计，我们应该对你怎么说呢？

奥赛罗 随便你们怎么说吧。要是你们愿意，不妨说我是一个正直的凶手，因为我所干的事，都是出于荣誉的观念，不是出于猜嫌的私恨。

罗多维科 这恶人已经一部分承认了他的奸谋。杀死凯西奥是你跟他同谋的吗？

奥赛罗 是的。

凯西奥 主帅，我从来不曾得罪过您。

奥赛罗 我相信你的话，请你原谅我吧。你们问一问那个顶着人头的恶魔，为什么他要这样陷害我的灵魂和肉体？

伊阿古 什么也不要问我；你们所知道的，你们已经知道了。从这一刻起，我不再说一句话。

罗多维科 什么！你也不要祈祷吗？

葛莱西安诺 酷刑可以逼你开口。

奥赛罗 你还是说吧。

罗多维科 将军，你将要明白经过的一切，我相信你现在还是一点儿没有知道。这是从已死的罗德利哥衣袋里搜到的一封信；这儿还有一封；其中一封信里说到杀死凯西奥的事情由罗德利哥动手执行。

奥赛罗 啊，奸贼！

凯西奥 野蛮残忍的阴谋！

罗多维科 这儿还有一封从他的衣袋里找到的充满着怨言的信。看来好像是罗德利哥预备寄给这个万恶的奸人的，可是信还没有寄出，伊阿古就来给他满足了。

奥赛罗 啊，恶毒的奸贼！凯西奥，我的妻子的手帕怎么会到你手里的？

凯西奥 我在我的房间里找到它。他刚才已经亲口承认有意把它丢在那边，借此可以达到他自己的图谋。

奥赛罗 啊，傻瓜！傻瓜！傻瓜！

凯西奥 在罗德利哥的信里，他又埋怨伊阿古不该撺掇他在我值夜的时候向我寻事；我就是为了那一回事情而被撤职的。就在刚才，他从长时间的昏迷中醒了过来，还说起他一切都受伊阿古的指使，结果却是伊阿古伤了他的生命。

罗多维科 你必须离开这所屋子，跟我们去。你的军队和兵权必须全都交卸，让凯西奥主持塞浦路斯的军政重务。对于这一个家伙，我们将要用一切巧妙的酷刑加在他的身上，使他遍受种种的痛苦而不至于立刻死去。我们还要把你严密监禁，等候威尼斯政府判决你的罪状。来，把他带下去。

奥赛罗 且慢，在你们未去以前，再听我说一两句话。我对于国家曾经立过相当的功劳，这是执政诸公所知道的。那些话现在也不用说了。当你们把这种不幸的事实报告他们的时候，请你们在公文上老老实实照我本来的样子叙述，不要徇情回护，也不要恶意构陷；你们应当说我是一个在恋爱上不智而过于深情的人；一个不容易发生嫉妒，可是一旦被人煽动以后，就会感到极度烦恼的人；一个像那种糊涂的印度人一般，把一颗比他整个部落所有的财产更贵重的珍珠随手抛弃的人；一个虽然不惯于流妇人之泪，可是当他被感情征服的时候，也会像涌流着胶液的阿拉伯胶树一般两眼泛滥的人。请你们把这些话记下，再补充一句说：在阿勒坡地方，曾经有一个裹着头巾、怀着敌意的土耳其人殴打一个威尼斯人，诽谤我们的国家，那时候我就一把抓住这受割礼的狗子的咽喉，像这样把他杀了。（以剑自刺）

罗多维科 啊，残酷的结局！

葛莱西安诺 一切说过的话，现在又要颠倒过来了。

奥赛罗 我在杀死你以前，曾经用一吻和你诀别；现在我自己的生命也在一吻里终结。（扑倒在苔丝狄蒙娜身上，死）

凯西奥 我早就担心会有这样的事发生，可是我还以为他没有武器；他的心地是光明正大的。

罗多维科 （向伊阿古）你这比痛苦、饥饿和大海更凶暴的猛犬啊！瞧瞧这床上浴血的尸身吧；这是你干的好事。这样伤心惨目的景象，赶快把它遮盖起来吧。葛莱西安诺，请您接收这一座屋子，这摩尔人的全部家产，都应该归您继承。总督大人，怎样处置这一个恶魔般的奸徒，什么时候、什么地点、用怎样的刑法，都要请您全权办理，千万不要宽纵他！我现在就要上船回去禀明政府，用一颗悲哀的心报告这一段悲哀的事故。（同下）